Ai significa 'amor'

Miquel Arguimbau

Il·lustració de la coberta de

Joan Fernàndez Vicente

jollibre

Als meus pares.

A tots els infants que un dia ho deixen
de ser per convertir-se en adults.

A una noia que va adoptar
tots els seus germans.

A l'amistat i a l'amor.

1

Trucs paterns

Quan els nois del grup de segon d'ESO fem petar la xerrada, arribem a conclusions que no es poden discutir. Per exemple: tots els nois pensem que la Marta és la noia més maca i la que està més bona, fins al punt que entre nosaltres l'anomenem «la top». D'altra banda, elles, les noies, coincideixen a assenyalar la Marta com la més creguda i presumida de la classe. No hi ha dubte, doncs, que la nostra apreciació, la dels nois, és correcta. Però, a banda d'això, hi ha altres temes en què coincidim totalment els dos sexes: quan els pares ens fan un regal fora de les dates oficials, com pot ser Nadal, l'aniversari o el dia del sant, és que en passa una de grossa i cal posar-se en guàrdia. En casos així, els respectius progenitors ens demanaran alguna cosa, que pot anar des de l'anunci d'un viatge en què no serem inclosos fins a una sol·licitud perquè, per dir-ho d'alguna manera, «suavitzem» el caràcter o les postures rebels, després d'haver-nos amenaçat reiteradament amb càstigs que, per experiència, sabem que mai no es duran a terme. Reconec que en el meu cas, no dono cap motiu per rebre regals el mes de juny, quan acaba el curs, data molt indicada en què alguns companys sí que reben premis. Dos o tres insuficients són la causa amb què contribueixo a l'estalvi familiar.

Ara fa quatre anys, quan en tenia gairebé onze, els meus pares em van fer un regal «sorpresa». Em van regalar una Play Station després que ja hagués desistit de demanar-la de mil maneres diferents, entre les quals en recordo algunes de sonades, com la d'estar una setmana o més estudiant com mai no ho havia fet. Tot era arribar a casa i em tancava a l'habitació per fer deures i repassar les lliçons. Vaig arribar a la conclusió que en Lucas, l'*empollón* de la classe, tenia una vida ben trista. Com que aquella tàctica no va donar el fruit previst –la consola–, vaig decidir canviar-la radicalment, per obrir un període d'uns quinze dies en què el meu comportament fou tan menyspreable que jo mateix em vaig arribar a odiar. Entre d'altres accions de les quals no em vaig sentir gens orgullós, posaria com a exemple a no seguir, les de donar una puntada al gosset de la veïna del quart segona, insultar els veïns que es creuaven amb mi –perquè ho fessin arribar als pares a les reunions de la comunitat–, obrir a les nits la porta de casa per fer creure que hi havia entrat algun lladre, llençar el contingut de la bossa de deixalles a l'ascensor i tot un seguit d'accions que, de veritat, em feien i em fan vergonya quan les recordo. Llavors, després de comprovar que, ni portant-me bé, ni sent horrible, tindria la Play, vaig rendirme i vaig continuar sent com sempre, és a dir, a estones un noi que semblava meravellós, i a estones un noi impertinent, despreocupat.

Fou llavors quan un bon dia vaig veure la consola damunt del llit mentre els pares cridaven plegats «sorpreeesaaa!». Aquell regal fou el preàmbul del comunicat oficial a través del qual em vaig assabentar que tindria un germanet –que va ser germaneta– i que sota el pacífic nom d'Àngela està a hores d'ara en l'edat en què ha aconseguit destrossar tot allò que jo cuidava amb molta cura, des de les grues grogues de metall, a la col·lecció de cotxes esportius a escala, passant, per descomptat, per la Play Station, tot i que ella jura que la consola «va sortir del calaix tota sola i va caure a terra sense que jo la toqués». Si em van fer aquell regal com un estratagema per evitar que sentís gelosia davant l'arribada d'un altre fill, els meus pares ho van encertar de ple. No crec haver sentit mai gelosia de la meva germaneta. Gelosia no. Al cap i a la fi, em divertia traient-li el xumet i mirant com plorava, o posant-li el peu perquè ensopegués quan començava a caminar, o pintant conjuntament les parets de casa amb retoladors. Asseguro, doncs, que mai no n'he sentit gelosia. Admeto, això sí, que quan em va trencar la Play vaig estar a punt de cometre una barbaritat. De fet, em vaig conformar cometent una *barbieritat*, deixant sense braços ni cames la seva nina preferida. Com va plorar! No va deixar de vessar llàgrimes fins que la mama li va comprar una altra nina idèntica a la mutilada. Encara avui, recordo l'Àngela abraçant la nova i immaculada Barbie mentre em feia burla. Però d'això fa alguns mesos, gairebé un any, i tot i que vaig estar temptat d'exigir justícia i reclamar una Play Station nova, ja que l'agressora havia estat premiada i la víctima discriminada, vaig optar pel silenci.

Així que, quan fa unes setmanes els pares es van presentar a l'habitació, amb un somriure sospitós i un paquet ben embolicat, el primer que vaig pensar va ser una frase que utilitza la iaia quan veu alguns dels escots generosos de les presentadores de la televisió: «*Aquí hay gato encerrado*». En moments així, presumeix afegint-hi «*no como lo mío, que todo es auténtico*». I és que la iaia Pilar, aragonesa de naixement, segons què ho diu en català, i segons què, en castellà.

Els pares eren allà, agafats de la mà, ensenyant les dents com en un anunci de Colgate, esperant com reaccionava jo. I vaig reaccionar.

–Us divorcieu? –vaig preguntar amb certa mala llet pròpia dels gairebé quinze anys. Quan tens catorze anys dius que en tens gairebé quinze i et sens més adult.

Es van mirar atònits. Vaig rematar la frase.

–Com que darrerament mai no discutiu, he arribat a la conclusió que passeu l'un de l'altre... I ja se sap...

–Oh, *carinyo*. –Era la mare la que, atordida i impressionada per les meves paraules, m'abraçava com si jo encara tingués sis anys.– És clar que no. El papa i la mama s'estimen molt i cap dels dos no podria viure sense vosaltres, sense tu i sense l'Àngela. Oi, papa?

El papa, per demostrar que era certa l'afirmació de la mama, la va agafar per l'esquena i li va fer un petó a la galta.

Per cert, per què els pares s'anomenen respectivament *papa* i *mama* en lloc d'utilitzar el nom de pila, en el cas dels meus, Narcís i Montserrat? I si no es diuen *papa* i *mama* passen automàticament a dir-se *estimada* i *tresor* indistintament. Que jo sàpiga, el nom no es perd quan es forma una parella. O sí? Si algun dia tinc un fill amb la Marta, ella em dirà *papa* i jo a ella *mama*, i a la Montserrat li diré iaia, i al Narcís, iaio?

Vaig agafar el paquet i ells van recuperar el somriure d'anunci de pasta de dents.

–Hem fet números i si ets responsable i no abuses de...

La mama no va deixar acabar la frase que el papa havia començat.

–Ai, papa, deixa que miri el regal abans de... parlar... I mai millor dit –va dir satisfeta.

–És clar, tens raó, mama. Au, fill –va dir el papa fent-me un senyal perquè obrís el paquet.

Una altra consideració. Els pares et diuen *fill* quan van de suaus, de confraternitzar, i per clavar-te una esbroncada utilitzen el nom. Bé, vaig estripar el paper que embolicava la capsa de cartró i en un segon vaig saber que m'estaven regalant un mòbil. La història es repetia. També en aquesta ocasió em donaven un regal que ja els havia demanat de mil maneres diferents, sense que cap de les campanyes de xoc, molt més subtils que les anteriors, no hagués donat cap resultat positiu. En citaré algunes: dedicava tot el temps lliure a jugar amb l'Àngela, i encara pitjor, perquè estigués contenta feia trampes per perdre al parxís! També em vaig preocupar per la feina dels pares. És curiós, però mai abans no havia sentit la curiositat per la seva jornada laboral, ni per si els agradava o no la professió que tenien. Tot i que era una curiositat premeditada i interessada, tot i que em movien interessos egoistes, em va agradar aquella relació que vaig establir amb ells. Ves per on vaig saber que el pare és un magnífic venedor de pisos i que la mare desenvolupa una feina bastant desagradable però necessària a l'OTG, és a dir, a l'Oficina de Treball de la Generalitat, que és un lloc on la gent que no té feina ha d'anar a fitxar periòdicament per demostrar-ho i, de passada, assabentar-se de les ofertes del mercat laboral. És clar, però, que segons la mare, «quan tinc un electricista a l'atur, només li puc oferir feina com a repartidor de pizzes, i quan em demana feina un ferreter, només tinc places d'oficinista amb coneixements d'informàtica i que domini el francès, l'anglès, l'alemany i el rus oral i escrit». Com deia, al llarg d'uns dies vaig comportar-me com un autèntic germà per a l'Àngela i com un fill preocupat pels pares. Esgotada aquesta via agradable, vaig optar de nou per la desagradable. Una vegada més vaig arribar a odiar-me, especialment quan vaig detectar un virus en un llapis USB de l'escola. Vaig endur-me'l a casa i el vaig posar a l'ordinador del pare. El virus va destrossar el disc dur i la reparació va costar, segons el pare, «un ou i part de l'altre». Després d'aquesta malifeta, vaig desistir d'aquesta actitud veritablement lamentable. No em treia del cap el disgust del pare, que maleïa els virus i «la mare que els va parir» i deia que els informàtics fan el gran negoci creant aquestes «bestioles». Jo intentava consolar-me pensant que l'antivirus instal·lat a l'ordinador del pare era molt dolent, però no em servia de consol. Després de tres nits patint malsons on un virus que em recordava el pare em devorava el cervell, vaig confessar.

–He estat jo, pare. Jo vaig introduir el virus al teu ordinador.

–Et tinc dit que si portes un llapis USB de fora, vagis amb compte que no estigui infectat! Bé, ja no hi ha solució. Ens pot passar a tots.

–Ho vaig fer intencionadament.

–Ho vas fer intencionadament?

–Sabia que l'USB tenia un virus.

–Sabies que l'USB tenia un virus? Mama, el teu fill va ficar un virus a l'ordinador sabent que ho feia!

És curiós, recordo que va dir «el teu fill», no, «el nostre fill». Per què? Era o no fill del pare? Potser en moments així, els pares –o les mares– reneguen dels fills? Mentre ho pensava, la mare buscava una explicació.

–Però, Gabriel, per què ho vas fer?

–Volia un mòbil.

–El teu fill volia un mòbil i la brometa la pago jo –va cridar el pare mirant cap a la mare–. Ja t'he dit moltes vegades que no et comprarem un mòbil perquè et passis tot el dia enviant WhatsApps i trucant a tothom, que sembleu ximples, els joves. No sabeu parlar o què? I que ho sàpigues: la factura de l'ordinador te la descomptaré de la paga setmanal –va concloure.

Vaig agafar el mòbil i el vaig posar a carregar amb una celeritat que va deixar bocabadats els pares sense deixar de pensar les raons possibles d'aquell suborn, perquè allò, sens dubte, era un suborn. Mentrestant, el pare deia coses com «espero que siguis responsable i controlis les trucades, vés amb compte amb els jocs gratuïts que sempre s'acaben pagant, no el tinguis connectat a classe, te'l robaran, llegeix el llibre d'instruccions...».

Em recordava l'actor que feia de pare en una sèrie de la televisió en un capítol on tot gira a l'entorn del mòbil que regala al fill. Sentia el pare i, tot i que l'escoltava, intentava concentrar-me amb el que vindria tot seguit. Hauria de fer-me el llit cada matí? Els avis vindrien a viure a casa i ocuparien la meva habitació? Acabaria dormint en un sofà llit al passadís? Hauria de fer de cangur de l'Àngela cada dissabte mentre els pares sortien de festa? Això, segur que era això, des que va néixer l'Àngela els pares gairebé no havien sortit a sopar i a prendre una copa i ara consideraven que jo ja podia fer-me'n càrrec, de la mocosa. Però de cop i volta, una altra idea em va colpejar el cervell. «Oh, no, ha arribat el moment en què molt solemnement em demanaran que, arribat el cas..., utilitzi el preservatiu!!»

Em semblava sentir la mare dient: «No tinguis pressa per... fer-ho, però arribat el cas... Si vols el pare et pot comprar els primers... Si et fa vergonya anar a la farmàcia... Oi, papa?»

I també sentia el pare: «Gabriel, ja ets un home, i cal dir les coses pel seu nom. Si ho fas, posa-te'l, per tu i per ella.»

Alguns dels meus amics m'havien explicat que feia poc havien passat per aquest tràngol i jo estava a punt de ser el següent. I jo quina cara havia de fer? La que donava a entendre que havien arribat tard i que a la motxilla ja portava preservatius? Potser era millor fer un gest de sorpresa i pudor?

La mare va seure al llit. Era el senyal inequívoc que s'acostava el moment fatídic. Vaig empassar-me la saliva. Vaig sentir una poderosa sensació de pudor, de vergonya, però a la vegada també vaig notar una sensació agradable. M'anaven a parlar de sexe com si fos adult. Ja no era una criatura per a ells. Era gran i em demanaven ser responsable.

–Fill...

Vaig estar a punt de dir que em feia mal la panxa i que, o anava al lavabo o tots ho lamentaríem. No ho vaig fer. Si ja m'afaitava, era en moments com aquells que ho havia de demostrar.

–Fill –va repetir la mare–, el pare i jo fa temps que estem pensant en una cosa molt important. De fet, l'hem parlada plegats...

–Deixa'm a mi, Montserrat. Fill –la veu del pare era d'un to diferent a l'habitual, més solemne, com si anés a parlar d'home a home–, la teva mare i jo fa temps que estem pensant en una cosa molt important. De fet, l'hem parlada plegats...

Havia repetit la mateixa frase que la mare. Es van mirar amb gest interrogant.

–Deixeu-ho anar d'una vegada! Què m'heu de dir o demanar?

–Demanar? –va dir la mare.

–No pensaràs que t'hem regalat el mòbil per..., per...

–Su-bor-nar-me? –vaig dir amb ironia.

–Com pots pensar una cosa tan..., tan...

–Bruta?

–Un moment, un moment. Rebobinem –va dir la mare–. No es tracta d'un suborn, però... Ben mirat...

–Jo no ho veig així, Montserrat.

–Mira-ho des de la seva perspectiva, Narcís. De cop i volta, li regalem el mòbil que abans li havíem negat tants cops... Recorda l'ordinador... Escolta, Gabriel, fill, hem de dir-te una cosa important i..., bé, volíem començar amb bon peu... A més, ja ets gairebé un home i...

L'havia encertat. M'anaven a parlar de les presumptes primeres relacions sexuals. Vaig notar un nus a la gola.

–Tindrem un germà, vull dir, un fill, un fill que serà el vostre germà, el teu i el de l'Àngela –va dir el pare amb certa confusió.

Em vaig sentir alleugit. O sigui que es tractava d'això. Bé, almenys l'Àngela coneixeria què se sent quan un germà petit et trenca totes les joguines. Ara li tocaria a ella passar per aquest moment tan delicat.

–Ara entenc per què tens més panxa –vaig dir.

–Tinc més panxa? Si estic més prima!

–Jo et veig més grassa.

–Em veus més grassa, Narcís?

–Potser una mica, però només de cintura... Un moment, no ens desviem del tema, Montserrat.

Els pares es van agafar de les mans.

–No serà un germà biològic –va dir ella.

–Però com si ho fos –hi va afegir ell.

Pausa. Esperaven que reaccionés.

–Llavors –vaig dir–, no estàs més grassa perquè estàs embarassada?

–Oblida els meus «presumptes» greixos, Gabriel! Has entès el que estem intentant dir-te?

–Que sereu pares per tercera vegada i que jo seré el germà gran d'una família amb tres fills.

El pare va tossir forçosament.

–Entens que el germà nou no serà un germà biològic?

Em vaig rascar el cap com quan alguna cosa m'incomoda.

–A veure. La mare serà fecundada in vitro amb esperma d'un altre home perquè tu, pare, tens algun tipus de problema..., funcional...? O tal vegada heu pensat adoptar un nen o una nena? –vaig dir això convençut que riurien com si es tractés d'un acudit.

–Adoptarem un nen –van dir plegats.

Silenci. Crec que vaig arrancar-me uns pèls de les celles.

No em podia fer el sorprès ja que els pares havien parlat del tema, ho havien comentat com una possibilitat, i fins i tot, i amb molta delicadesa, me n'havien demanat el parer. Però una cosa és que et demanin el parer sobre un tema que et sembla llunyà, com un projecte a llarg termini, i l'altra que et trobis els pares confirmant que allò que semblava una hipòtesi serà realitat.

Quan en alguna ocasió m'havien dit: «T'agradaria tenir un germà adoptat?», jo havia reaccionat amb certa indiferència. Al cap i a la fi, els fills no decidim quants germans volem tenir, són els pares els qui et donen més o menys germans en funció del que ells decideixen. Aquella era una bona nova, sens dubte, i en vaig ser conscient per l'expressió dels pares, per la manera de comunicar-me-la, però malgrat tot, m'havien agafat en fora de joc. Això ja anava de debò, i les coses, quan van de debò, és quan adquireixen la importància real. És cert que, darrerament, aprofitant les converses que teníem mentre dinàvem o sopàvem plegats, els pares feien referència a les notícies relatives a les adopcions. «Sabeu que a casa nostra la majoria d'adopcions procedeixen de la Xina?» «He vist una entrevista a la televisió on sortia aquella presentadora tan prima de TV3, la Francesca Fosalba, que ha adoptat una nena...» Tot allò era una manera d'introduir-me en el tema, però jo, en passava una mica, com si no fos cosa meva. Ben mirat, adoptat o no, un germà arriba i ja està. O almenys això volia pensar mentre, després d'arrancar-me més pèls de les celles, em rascava l'orella.

Em fastiguejava que els pares em miressin, es miressin i em tornessin a mirar, em sentia incòmode. Hauria pogut fer un somriure i dir: «Renoi, que bé, tindré un altre germà», però no, vaig deixar que sortís la reacció més poca-solta, la menys emotiva...

–Adoptareu un nen? –vaig dir gairebé cridant.

–Adoptarem un nen... Tu també, Gabriel.

–Jo seré pare?

–No, seràs germà... Ja ho ets, però tindràs un altre germà... En aquest cas, adoptat.

–Germà... o germana?

–No ho sabem. Bé, probablement, germana.

–I si és germà dormirà amb mi i si és germana ho farà amb l'Àngela? –vaig dir per dir alguna cosa.

–No ho sabem... No ho hem pensat... Bé, sí, suposo que si és nen...

–Que sigui nena! –ara sí que vaig cridar.

La mare es va posar tendra; mare, vaja.

–Hi ha moltes criatures, nenes i nens, que han nascut sense sort. Vull dir que no coneixen els pares i que viuen en llocs horribles, passen gana i set, mai no aniran a l'escola. El pare i jo necessitem que ens donis suport, que ens ajudis, que ens comprenguis. Creiem que ho podràs entendre.

Hauria preferit que em parlessin dels preservatius. La mare estava a punt de vessar unes llàgrimes. Em vaig aixecar d'un salt.

–Molt bé. M'ho pensaré.

–Pensar-t'ho? –va dir el pare molt estranyat.

–Sí, m'ho haig de pensar, així de cop... Què voleu que us digui? Estic a punt de tenir un germà adoptat. O és que vosaltres ho heu decidit fa un moment? Us heu mirat i heu dit: «I si adoptem un nen?» Suposo que fa temps que hi doneu voltes. De fet, fa temps que feu comentaris. Jo també necessito temps... Un germà adoptat...

–Aquest és el quid de la qüestió, Gabriel. Hem d'esborrar per sempre aquesta idea.

–Llavors no l'adoptareu?

–Vull dir –va aclarir el pare– que hem d'esborrar el concepte «adoptar». Serà un fill, sense cap qualificatiu, un fill, com ho sóc jo dels meus pares, com ho sou tu i l'Àngela.

–Anem a pams. Si fos un fill engendrat com l'Àngela i jo –vaig sentir una mica de vergonya quan vaig dir això–, em demanaríeu ajut i comprensió?

No van respondre. Els vaig veure veritablement afectats, com preguntant-se si feien alguna cosa malament.

–I una altra cosa. Si no haguéssiu decidit tenir un fill o una filla adoptada, ara mateix jo hauria tingut mòbil?

Aquella frase encara els va enfonsar una mica més. Per una vegada vaig reaccionar amb rapidesa.

–Suposo que no. Em va agradant això de tenir un germà o una germana adoptada. De moment, ja tinc mòbil –vaig dir en un to de complicitat que els va alleujar visiblement.

2

Els primers interrogants

Les coses estaven així. De cop i volta tenia un mòbil a la mà i un germà o germana a l'horitzó. Bé, almenys això estava bé, que de moment s'estigués a l'horitzó. Ben mirat, quan els pares esperen un fill ho vas assimilant a mesura que la panxa va augmentant, hi ha un temps d'espera que serveix perquè el fill que ja tenen es vagi fent a poc a poc a la idea que l'espai reduït del pis encara serà més compartit, o que en néixer, no es podrà fer soroll quan estigui dormint, i que la tauleta del saló haurà de desaparèixer per posar-hi, en el seu lloc, un moisès, i amb el temps, un parc. Per què en diuen parc d'aquest recinte quadrat o rodó on es deixen els petits quan ja comencen a bellugar-se massa?

Havia de fer moltes trucades i enviar missatges a dojo, però el tema del germanet em provocava un munt de preguntes, cadascuna més angoixant que l'anterior. Es tractaria d'un nadó o ja tindria l'edat de l'Àngela? En quin idioma li hauria de fer entendre que jo era el germà gran i que les meves coses no es tocaven i que si volia distreure's destrossés les nines de la nostra germana? I per què donava voltes al tema de l'idioma? Ningú no m'havia dit que el germanet fos estranger. A més, podria tractar-se d'un nen o d'una nena de Colòmbia, l'Equador, o de qualsevol país de parla hispana. I si era del Brasil? Magnífic. No ens costaria gaire entendre'ns, i si fos nen, es podria convertir en un fenomen del futbol i el fitxaria el Barça! Jo seria el seu representant i guanyaria molts diners sense fer res. Però, és clar, també podria tractar-se d'una nena i el meu futur com a representant de futbolistes ni arribaria a començar. D'altra banda, si fos del Brasil... Vaig recordar un reportatge d'aquell país, ple de nens i nenes que viuen al carrer, respirant llaunes de cola per col·locar-se, robant als turistes, i que mai no van a l'escola. Els pares adoptarien un lladregot? Aquell pensament em va impactar. Havia de reprendre la conversa interrompuda. Vaig estirar la cadena –el mal de panxa aquesta vegada no era fictici– i vaig tornar amb presses a l'habitació. Els pares encara hi eren, parlant en veu baixa i en un to preocupat. Em vaig sentir una mica culpable. No volia provocar cap situació incòmoda.

–I a qui heu triat?

–No ho diguis així, Gabriel, sembla que hàgim anat al Corte Inglés.

–És que estava pensant que quan s'adopta una criatura es pot triar, oi?

Silenci. Jo pensava en el que acabava de dir i ho trobava lògic. Si adoptes un nen tens certs avantatges. El pots veure abans, triar-lo entre bru o ros, d'ulls verds o marrons, de pell blanca o negra...

–És xinès, millor dit, és xinesa –va explicar el pare.

–És groga? –vaig preguntar.

–No –ara era la mare qui parlava–, és..., és xinesa.

–Els xinesos no són grocs?

–No... Són una mica grocs i amb els ulls allargadets...

–I no té pares?

–No –van respondre plegats.

–No té pares, ni família, ni llar. No té res.

Quan la mare va dir això, va estar a punt de plorar. El pare l'abraçà amb força.

–Quina llàstima, si tingués un parent a Pequín, hi podríem anar gratis de vacances i conèixer la ciutat.

Vaig fer aquell comentari per intentar que la tendresa no s'apoderés de mi, tot i que sabia que

l'assumpte tenia molta, però molta importància per a tots.

–Encara no ho hem parlat amb l'Àngela. Abans ho hem volgut fer amb tu.

–Ja... I quan serà el... part?

–No siguis tan... tan...

–La millor manera de normalitzar la situació és parlar com si tot seguís un procés normal... O no és això el que em voleu fer entendre?

–Vine, Gabriel, seu amb nosaltres –va dir la mare amb un to de súplica que em va estremir. Em vaig posar entre tots dos, encara que em vaig sentir una mica incòmode.

–No sabem quan serà «el part» com dius tu. Només sabem que serà dur, bastant dur. Adoptar un nen o una nena no és senzill. S'han de fer molts tràmits, saps?

–I més si es tracta d'un nen o una nena de la Xina –va dir el pare mirant-me–. Ells, els xinesos, tenen una burocràcia lenta, complicada, no és que ho facin més difícil, però tampoc no donen gaires facilitats, són exigents, demanen informes...

–El pare i jo vam prendre la decisió fa gairebé un any i fins ahir no vam saber que, si no hi ha problemes, per fi podrem acomplir aquest somni, aquesta decisió. No serà immediatament, però per dir-ho d'alguna manera, hem aprovat l'examen. Ara, encara haurem d'esperar setmanes o mesos, però ja tenim la conformitat i per aquest motiu hem decidit dir-t'ho.

Altre cop silenci. Vaig entendre que esperaven que opinés. Què podia dir que no els decebés? Tampoc no tenia ganes de començar a saltar d'alegria, de felicitar-los i tot això. Els hauria abraçat per manifestar la meva solidaritat, però, renoi, com costa abraçar els pares a la meva edat. Vaig respirar fondo i em vaig aixecar.

–Si fumés, crec que encendria una cigarreta –vaig deixar anar.

–Suposo que no fumes, Gabriel!

–No, mama, no fumo... Bé... Fumar, fumar...

–Què vols dir? –va dir el pare.

–Ho he provat, però de moment no m'agrada. I no em mireu així, només he aspirat mitja cigarreta.

Anaven a dir alguna cosa, però no van tenir temps.

–Per tenir pares fumadors, de moment, no he agafat el vici.

Ara sí que van parlar.

–Que consti –va dir el pare– que jo he reduït el consum a la meitat. Abans fumava un paquet diari i ara no passo de sis.

–Sis paquets diaris? –vaig dir per dir.

–Sis cigarretes...

–Jo ho deixaré quan pugi a l'avió per anar a Pequín –va dir molt segura la mare.

–I jo també –va afegir el pare–, encara que només sigui per raons econòmiques.

–És a dir que haureu d'anar a buscar la xineta...?

Es van mirar. Em van mirar.

–Haurem d'anar a Pequín a buscar-la. Tots dos.

–Quina sort! Podreu anar a la Gran Muralla. Com m'agradaria veure-la.

Aquell comentari que vaig fer sense pensar va resultar un cop baix per als pares. Quan havia desitjat visitar la Gran Muralla? Mai! Principalment, perquè fins llavors mai no m'havia plantejat que la Xina fos al mateix planeta on visc. Sí, és clar que a l'escola he après coses d'aquell país, com que té molts milions d'habitants, i també recordo un mestre que ens va parlar del que va passar feia uns anys a una plaça anomenada Tiananmen o un nom similar, on l'exèrcit va repel·lir amb duresa els joves manifestants... Fins i tot ens va ensenyar una foto on un noi frenava l'avanç d'un tanc. Però a mi tot allò em sonava a xinès, a llunyà... No m'afectava per a res! El que més m'aproximava a la Xina era l'arròs tres delícies i la Play Station!! Sí, la Play, pot ser molt japonesa, però recordo que duia un adhesiu on es podia llegir: «Made in China».

–Però ara, no –vaig dir–. Potser quan sigui més gran i hi pugui anar per lliure, amb els amics, o amb una noia. Un viatge així, si el fas amb els pares, pot ser una mica avorrit, i a més, vosaltres imagino que no estareu per fer turisme.

Em vaig trobar enfundat dins dels braços de la mare, i quan vaig percebre que la pressió dels seus braços es relaxava, va ser el pare qui ens va abraçar amb una força desconeguda o que no recordava. Sé que un dels dos plorava, però embotit com estava no vaig poder saber de qui eren les llàgrimes que em mullaven les galtes... A més, em sembla que eren de tots dos.

3

Canvi de plans

Una confessió sempre té conseqüències. Per exemple: unes setmanes més tard que confessés que havia introduït el virus a l'ordinador del pare, la mare em va portar al psicòleg. Ella mai no va reconèixer haver-ho fet com a conseqüència de la meva malifeta, però jo sempre ho he cregut. Així doncs, després de saber que la família augmentaria, de cop i volta ells, la Montserrat i el Narcís, és a dir, els pares, em parlaven com un adult que ja té capacitat per encaixar el pitjor de la vida. I el que em van dir una nit, quan ja havien passat uns dies de la confessió, em va fer mal... Ja ho crec que sí.

–Gabriel, com va el mòbil? –Cullerada de sopa.

–Bé.

–Té bona cobertura? –Una altra cullerada.

–Sí, força.

Era clar que volien dir-me alguna cosa i que estaven preparant el terreny per crear l'atmosfera apropiada. A més, la sopa de galets estava molt bona i no era qüestió de deixar-la refredar.

L'últim galet va anar a parar a l'estómac.

–Escolta, Gabriel.

Havia arribat el moment.

–Anar a Pequín significa una despesa important i...

–No et preocupis, pare –vaig dir resignat–, estic utilitzant el mòbil amb moderació, creu-me.

–No, no ho deia per això, tot i que espero que ho facis... És que, amb el que ens hem de gastar, enguany no podrem anar a estiuejar a Menorca. A més, encara no sabem quan haurem d'anar a la Xina i és millor estar a casa, no moure'ns gaire fins que tot estigui solucionat.

Vaig tenir la temptació d'anar a buscar els DVD que teníem dels estius a Menorca, per mirar-los una vegada i una altra, com si els volgués castigar per aquella decisió. No ho vaig fer. Em vaig mirar el pollastre amb patates fregides que m'esperava al plat. Era del tot impossible que res m'entrés per la boca. Com m'agradava estiuejar a Menorca, carregar el cotxe per anar al port de Barcelona per pujar al *Cangur.* Córrer pel vaixell quan la mar era plana i esperar que passessin les hores fins a veure el far de Cavalleria, que anunciava la silueta de l'illa. L'entrada al port de Maó, amb els motors de la nau gairebé aturats, l'operació d'atracament i sortir del vaixell amb el cotxe camí de la casa que llogàvem a l'Arenal d'en Castell.

–No tens gana?

La veu de la mare va sonar suau, com temorosa d'una resposta aïrada.

Vaig obrir la boca però no per ficar-m'hi la cuixa del pollastre, sinó per ficar-me de peus a la galleda.

–No passa res. Ja va sent hora de canviar d'illa.

–Canviar d'illa? –va dir el pare.

–Sí, és el que he dit! Crec que Lanzarote té uns volcans molt interessants. O podem anar a la Costa Brava, o ens quedem a Castelldefels, a l'apartament dels avis.

–Escolta, Gabriel...

–Sí, ja ho sé. Ho deia de broma. Cal estalviar i no allunyar-se de casa. A més, ja us vaig dir l'altre dia que a la meva edat això de viatjar amb els pares no em fa gaire gràcia. Ja viatjaré quan pugui amb els amics. A més, pot ser que m'ho passi millor a Castelldefels, si és que hi podem anar... O fins i tot podríem anar a Port Aventura a veure la reproducció de la Gran Muralla i de passada pujar al Dragon Khan... Mira, tots plegats ens ambientaríem davant l'arribada del familiar xinès.

El pollastre es refredava.

–S'ha d'estalviar, oi?

–Sí.

La situació podia esclatar d'un moment a l'altre.

–Escolteu –vaig encertar a dir–, missatge rebut. Ho entenc, de veritat. No us preocupeu.

Me'n vaig anar a l'habitació. Era cert que ho havia entès, com també era cert que no em feia gens de gràcia no anar a Menorca. Ser adult és renunciar a algunes de les coses que més t'agraden? Doncs m'estava fent adult per moments. Tot i que ja feia un cert temps que ho intuïa, em semblava que havia arribat el moment d'admetre que s'acabava una etapa on tot havia estat bastant senzill, i en començava una altra plena de canvis, on les coses que fins ara havien estat importants havien de deixar pas a unes altres fins ara desconegudes. D'acord que el germanet o la germaneta xinesa encara no havia arribat físicament, però la seva existència ja condicionava algunes coses, com les vacances. Malgrat això, no tenia la sensació que fos aquest fet el que feia que les coses canviessin. Més aviat ho atribuïa a l'edat i, en qualsevol cas, si jo era el germà gran, ser còmplice dels pares era una de les noves missions que m'esperaven. Vaig recordar el que havia dit d'anar a Castelldefels… Els pares de la Marta també hi tenien un apartament. I si ella hi passava l'estiu?

4

Una d'avis

Com reaccionarien els amics quan s'assabentessin que havia de tenir un germanet o germaneta de la Xina? Estaven preparats per a això? I m'importava si ho estaven o no? I la Marta? Descobriria en ella un racisme que desconeixia? Rebutjaria relacionar-se amb un noi que tenia un germà xinès? Tal vegada tot el contrari, i el fet de tenir un xinès a casa l'aproparia a mi, en primer lloc, per la curiositat de veure'l, i després... Després podria descobrir en mi un germà adult, responsable, solidari i potser això faria que jo li agradés... So-li-da-ri... Ho era, jo? Aquesta paraula la sentia moltes vegades als informatius de la televisió. Gairebé sempre en boca dels representants de les ONG. Sí, recordo un jove amb barba –gairebé tots els membres de les ONG porten barba– que parlava de Metges Sense Fronteres i demanava solidaritat amb uns nens d'un país africà que necessitaven vacunes contra el xarampió. Crec que deia que per menys d'un euro es podien salvar dues vides. Llavors aquestes coses jo les sentia sense parar-hi atenció, però ara, després de saber que tindria un germanet xinès, em paro a escoltar aquestes notícies... Es tracta d'això, d'escoltar, ara ho faig. Pel

que fa a la Marta, no m'havia de preocupar. Les noies, quan veuen un nadó, diuen coses com «me'l menjaria a petons»... Jo sí que li hauria fet petons, a ella, però petons d'amor, perquè jo l'estimava, l'estimava sense tocar-la, només mirant-la, però l'estimava. Sabia que ella sortia amb el Ros, un col·lega del grup, el més llançat, el que sempre lliga. De fet, el Ros era la versió masculina de la Marta. De la mateixa manera que els nois embogíem per ella, elles perdien el cap per ell. Jo estava convençut que si alguna vegada aconseguia fer-li un petó, a la Marta, ella notaria la diferència entre un petó sense amor i un altre amb amor, el meu. Vaig decidir no precipitar-me, als del grup ja els diria la notícia quan arribés el moment oportú, potser quan els pares em truquessin des de la Xina per dir-me «arribem tal dia..., tots tres». L'Àngela encara no ho sabia, els pares l'hi dirien quan tot estigués més lligat.

Va ser un diumenge. L'Àngela dinava a casa d'una amiga, millor dit, a casa dels pares d'una amiga, i la Montserrat i el Narcís havien decidit fer un altre pas, aquesta vegada amb la meva complicitat.

–Gabriel, diumenge vindran els avis a dinar. Com que la teva germana no hi serà, aprofitarem l'avinentesa per dir-los que tindran un altre nét.

Quan parlaven dels avis amb aquesta immediatesa es referien als pares del Narcís. Els pares de la Montserrat trucaven de tant en tant des de qualsevol lloc. Quan es van jubilar –i d'això ja feia un parell d'anys–, ho van vendre tot, es van comprar una caravana i van marxar a veure món. I ho continuaven fent. Em va impressionar el dia del comiat. Com que la caravana que s'havien comprat no podia aparcar al nostre carrer, vam citarnos en una zona de descans de l'autopista A-2, des d'on iniciaven el seu trajecte cap a França. Quan vam arribar amb el 206, ja ens hi esperaven, amb la caravana i el tot terreny coreà. Duien texans i camises de quadres de colors cridaners. A més, la iaia, que semblava més jove que mai, lluïa un mocador al cap i portava sabates esportives de les que m'agraden a mi. L'avi anava amb unes botes de canya alta, «camperes» em va aclarir, i s'havia posa't una arracada! «Escolta, escolta, nena», li deia l'avi a la mare, «escolta quina música portem». Va posar un CD –que segons va dir ja el duia de sèrie el 4x4 coreà– i va sonar un grup que va identificar com els Beach Boys. La mare movia el cap com si estigués molt disgustada o com si no entengués res. Ens van ensenyar la caravana per dins. Quina passada! Taula, llits, cuina, saló amb un sofà per a dues persones, llibres, mapes de carreteres i el que més va agradar a la mare, una farmaciola plena de medecines que, segons la iaia, «no farem servir, però així estaràs més tranquil·la, Montserrat». Vam esmorzar i tot seguit van arribar les abraçades, els petons i algunes llàgrimes vessades per la mare. Abans de marxar, els avis li van dir «ximple» una vegada i una altra, i li van prometre que trucarien regularment per saber com ens anava i si estàvem bé. Això és el que més em va impressionar, que ens truquessin per saber com estàvem nosaltres, quan els qui marxaven sense destí i a l'aventura, eren ells!!!

De tornada cap a casa, la Montserrat continuava plorant i el Narcís la consolava dient-li: «Ja veuràs com se'n cansaran aviat. El problema serà on els ficarem. No haurien d'haver venut el pis, tot i que amb el que n'han tret, poden anar a viure de lloguer.»

Com he dit, d'això ja fa un parell d'anys i el calaix on la mare guarda les postals és ple de fotografies i postals de molts llocs que pertanyen a uns quinze països europeus. La darrera trucada la van fer fa una setmana. Ens van comunicar que havien venut el cotxe i la caravana, i que creuaven l'Atlàntic per recórrer, de moment, Nord-amèrica. La mare va plorar força. No sé si quan un fill s'allunya dels pares per ser independent aconsegueix preocupar tant la família com quan els qui s'allunyen dels fills són els pares. A mi em semblava molt bé el que feien els avis materns. Ara, però, els qui havien d'aprovar el que havien decidit fer la Montserrat i el Narcís, eren els avis paterns.

Abans que arribessin, els pares parlaven a la cuina.

–Jo esperaria a les postres.

–Amb l'estómac ple? Patiran un tall de digestió!

–I si ho diem abans, Narcís, el teu pare dirà que li fa mal l'úlcera de l'estómac i no tastarà res, i jo ja fa dues hores que cuino!

–Doncs els ho direm a mitja tarda, amb el dinar ben paït!

–Ni parlar-ne. A les sis hem d'anar a recollir l'Àngela.

–D'acord. Ho direm a les postres.

Però no va ser així. Jo sempre he pensat que la Montserrat i el Narcís són molt llestos i que sempre sabien o intuïen quan els volia amagar alguna cosa. Ha de tractar-se d'un fet hereditari, o potser tots els pares tenen un sisè sentit. Quan érem a taula davant d'una magnífica paella, els avis van començar a fer comentaris com ara: «Estem impacients», «No feu com sempre, que espereu a les postres», «Què ens heu de dir?», «T'han despatxat, fill?», «Canvieu de casa?»...

No havia caigut ni una gamba quan els pares van decidir anar per la via més ràpida i van deixar anar la bomba.

–Però, que us heu tornat bojos? –va cridar la iaia–. Una nena xinesa?

–Un nena, mama, una nena.

–Sí, una nena, però xinesa de la Xina.

–I quina importància té, això?

–No sabeu ni qui és, ni qui són o eren els pares... I els gens?

–Escolta'm, papa, pot ser que tingui els gens d'un revolucionari tipus plaça Tiananmen o d'un pagès o d'una científica... Tant se val!

–O els d'un campió de ping-pong –hi vaig afegir jo per demostrar que feia costat als pares.

–A més, això dels gens no te gaire importància –va dir el Narcís–. Mira la Montserrat. Té uns pares amb esperit *hippy* i bohemi i ella és diferent, molt diferent.

–Tens raó, fill, jo sempre he dit que això dels gens és un conte xinès –va dir l'avi, abans de veure que acabava de ficar-se de peus a la galleda–. Vull dir, que avui dia els científics s'inventen moltes coses. El meu besavi era un tap de suro i pesava cent quilos, el meu pare era alt i prim, i jo soc atlètic i ben plantat. Recordo que quan vaig fer el soldat a Melilla... Ai!

La iaia li havia clavat un cop de colze que li havia tallat la respiració –com els que fa, en futbol, un defensa central quan l'ha superat la pilota i vol evitar que també ho faci el davanter.

–Ficareu una estranya a casa!

–En realitat, iaia, quan jo vaig néixer tampoc no em coneixien gaire.

–Pot portar el comunisme a la sang –va exclamar amb entusiasme l'avi abans de rebre una puntada de la iaia.

–Deixa't de comunisme, que ja t'imagino llegint-li el *Llibre vermell* de Mao.

–Maó, iaia, es diu Maó. –No entenia que de cop i volta parlessin de la capital de Menorca, però tampoc ningú no va fer cas de la meva correcció. El debat, per dir-ho d'alguna manera, estava en el seu punt més alt.

–I té cueta? –va preguntar la iaia.

–No ho sabem –vaig respondre jo–. Encara no és segur que sigui nena, oi, mama?

–No té cap importància –va dir el pare ignorant el meu comentari–. Si té cueta i no t'agrada, l'hi tallem i llestos!

Ara sí que jo ja m'havia perdut.

–Si és nen, operant-lo de fimosi no n'hi hauria prou? –va dir l'avi fent broma.

Per fi vaig entendre que es referien a la cueta dels cabells i no la que en un principi em va venir al cap.

–Si us plau, el tema és seriós –el pare va dir això adoptant una actitud de responsabilitat–. I ja us ho hem dit: tindreu un altre nét.

Va haver-hi un silenci i tot seguit la iaia va inspirar fondo.

–Ja et vaig dir, fill, que no veia bé que et fessis la vasectomia. Els homes mai no han de fer-se aquestes coses. No se sap mai. Després us vénen les ganes de tenir més fills i passa el que passa... Heu d'anar a la Xina a buscar-los.

–Bé, vosaltres anàveu a París –va respondre el pare, comentari que em va deixar ben sorprès.

–A tu et van encarregar a França? –vaig preguntar.

–Gabriel, abans, fa anys, es deia que els nens venien de París... Era una manera d'evitar parlar de sexe.

Alguna cosa n'havia sentit, tot i que no m'ho podia creure, no ho entenia. Quina bestiesa! Quina relació hi havia entre París i l'embaràs? Potser la Torre Eiffel era un símbol eròtic?

A tot això, el iaio mirava la iaia d'una manera estranya. Se li notava que volia dir alguna cosa però no gosava. Devia témer els cops de colze i les puntades de la iaia.

–*¿Por qué me miras así?* –va dir la iaia en castellà.

–Et contradius.

–*Yo no me contradigo.*

–Ho acabes de fer... I vés amb compte amb la pressió, que quan estàs enfurismada i parles en castellà...

–Em pots demostrar en què em contradic?

–Has dit que els homes mai no han de fer-se la vasectomia.

–I...?

–Qui va ser un dels primers homes de l'Estat que es va sotmetre a una vasectomia amb el consentiment total de la seva dona?

–Aquests assumptes tan íntims no es parlen davant dels joves.

Quan la iaia va dir «joves» referint-se al seu fill, la seva nora i a mi, vaig entendre que el sexe i París tenien alguna relació.

5

Ligue interruptus

–Vols lligar amb mi? 51

Érem al Baretto, un bar musical on ens reuníem una colla d'amics quan anàvem a Castelldefels.

–Sé que t'agrado i com que avui no ha vingut el Ros no m'importa petonejar-me amb tu.

Que cruel que era la Marta! Sabia que m'agradava, que em posava malalt quan la veia amb el Ros i ara em proposava substituir-lo temporalment. Era com si l'entrenador de futbol m'hagués dit: «Com que no ha vingut el porter titular, avui jugues tu.» Què pretenia? Provar els petons del «petonejador suplent»? O encara pitjor... Volia que corregués la veu que ens havíem enrotllat per enfurismar el Ros? Intentava que ens barelléssim per ella?

–Em fa mal el cap –vaig dir–, potser un altre dia.

Però ella no em sentia o no em feia cas. M'abraçava i em mirava com mai abans ningú m'havia mirat, com una actriu de cinema mira el Brad Pitt abans de fer-li un petó a la boca. S'apropava cada vegada més. No era cert que em fes mal el cap, però ho era que girava, que les parets semblaven tenir ones, que el sostre fosc del local es transformava en colors blaus... I la cara de la Marta, ara vermella, ara verda, ara blanca per les llums dels focus, era molt a prop de la meva. Els nassos es van tocar suaument i els seus llavis gairebé tocaven els meus quan de cop i volta ens van interrompre.

–Gelmanet, gelmanet, tinc pis.

–Ara no, ara estic amb la Marta.

–Malta és la teva xicota?

–Marrrrrta, no Malta!

Però, què feia la meva germana xinesa en aquell lloc?

–Tete, tete!!

Uns cabells llargs em feien pessigolles a la cara. Vaig creure que eren els de la Marta, però només va ser un segon. Eren de l'Àngela.

–Què vols, pesada!

–He sentit un soroll... Ah, i tinc set.

Em vaig incorporar al mateix temps que encenia el llum. El despertador assenyalava les 02.15 h.

Aquella nit, els pares havien anat a sopar i jo feia de cangur.

–He sentit un soroll...

–Sí, ja ho sé... I tens set.

–Sí, exacte, soroll i set. Molt bé, tete.

Em vaig aixecar. Vam anar per tota la casa encenent i apagant llums.

–Ho veus? No hi ha ningú. Estem sols.

Vam anar a la cuina i li vaig donar un got d'aigua.

–No tinc son.

–Fantàstic.

–Parlem?

–Parlar? No hi toques o què? Saps quina hora és, Àngela?

–On han anat els pares?

–Prou que ho saps. A sopar i a ballar.

–No han anat de viatge?

–Escolta, nena, vols dir que estàs desperta? Jo diria que somies! On vols que vagin de matinada?

–De nit no volen els avions?

–I jo què sé. M'imagino que sí.

–I com saps que no n'han agafat un?

–A veure, menuda, un moment. Per què em preguntes si els pares han agafat un avió?

–La mare parlava aquesta tarda amb la iaia i li deia que encara no sabia quan marxarien. On han d'anar?

Jo era allà dret, a la cuina, de matinada, veient com la meva germana tenia els ulls ben oberts i la curiositat força desperta. No la volia enganyar dient-li que no sabia res. Em vaig servir un got d'aigua mentre recordava el somni amb la Marta tan a prop meu. Vam sentir com s'aturava l'ascensor, les portes obrint-se i tancant-se, les claus i finalment les veus dels pares.

–Què feu desperts?

–La nena tenia set.

–I per beure un got d'aigua has de despertar el teu germà?

–M'ha despertat un soroll.

–Anem al llit, menuda. Ja som a casa. Au, vinga!

–Tete, no m'has contestat.

–Què t'ha de respondre, petita?

–No ho sé, mama. Us quedeu a dormir?

–Quina pregunta més rara! On vols que anem a aquestes hores, filla?

–En un avió, molt lluny!

Els pares em van mirar expectants.

–Jo no en sé res, l'Àngela, que sent coses quan parleu per telèfon amb la iaia. Me'n vaig al llit.

Ho vaig fer. Em vaig quedar mirant el sostre. Va venir el pare.

–Què t'ha dit l'Àngela?

–Va sentir la mare. Vol saber on heu d'anar.

–Vaja! Bé, gràcies, bona nit, Gabriel.

–Bona nit.

No vaig deixar de mirar cap al sostre durant una bona estona. La Marta no va aparèixer la resta de la nit. Sí que ho va fer una nena xinesa a qui no vaig veure la cara. Cada vegada que m'hi acostava, desapareixia en un laberint enorme.

6

La primera factura

Xemeneia, xerpa, xilografia, ximpanzé, Xina... República Popular de la Xina, estat de l'Àsia oriental; població: 1.300 milions d'habitants; capital: Pequín; ciutats principals: Xangai, Tianjin, Canton...; idioma: xinès 94 %, tibetà, mongol, uigur...; religió: confucianisme 32 %, budisme 24 %...; moneda: iuan; rius principals: Iangtsé (riu Blau), Huang He (riu Groc)...

Sense ser-ne gaire conscient, la Xina em va començar a interessar. Després de consultar l'enciclopèdia a Internet, vaig mirar el mapamundi. Allà hi havia la Xina, enorme, immensa, i en algun lloc del mapa hi havia la germaneta. On? Prop del mar de la Xina o a les muntanyes del Tibet? Però, a més, de cop i volta vaig començar a descobrir restaurants xinesos als carrers de Barcelona, prop de casa, a la vila de Gràcia, prop de l'escola, al carrer Diputació.

Des de l'autobús en veia pertot arreu. Havia d'anar-hi, volia veure xinesos de prop. Vaig tenir una idea.

–Ros, com vas de diners?

–Fatal, estic a les últimes, no en tinc ni per omplir el dipòsit de l'escúter. Precisament et volia demanar dos euros. Dissabte te'ls tornaré.

–El cas és que jo també estic arruïnat.

–Dos euros, *tio*, i te'ls tornaré!

–Jo te'ls deixo!

La Marta ens havia sentit i es va afegir a la reunió.

–Com pots demanar-li diners per omplir el dipòsit de l'escúter? Quina barra!

–El Gabri és amic meu, maca.

–I jo la teva xicota. Té, dos euros!

El Ros em va mirar amb aire de superioritat mentre al mateix temps em donava un cop d'ànim a l'esquena.

–*Tranqui*, ja te n'agradarà una altra... Aquesta és meva!

–Escolta, cregut, aquesta té nom, i fica't al cap que no és de ningú.

–Què us sembla si divendres dinem junts? Pago jo –vaig dir com per *fardar* una mica.

–Dinar junts? –va respondre sorprès el Ros–. Ho veus, Marta, com té diners i no me'ls volia deixar?

–No tinc diners, Ros, però sou els meus amics i us vull convidar a dinar. Demanaré un préstec als pares.

–Ja. I en què consistirà l'àpat? En una bossa de patates fregides i una llauna de cola? Tal vegada, una hamburguesa sense quètxup?

–No. El cas és que us convido a dinar a un restaurant... xinès.

–A un *xinu*? –el Ros va posar cara de fàstic.

–Fet! M'encanten els restaurants xinesos –va dir força contenta la Marta.

–Perfecte –vaig respondre–, fins i tot te'n deixo triar un.

–Fantàstic. Anirem al que conec. A vegades hi vaig amb els pares... És una mica car –va mirar-me arrufant el nas.

–És igual.

–Un moment, un moment –ens va interrompre el Ros–. Escolta, Gabri, estàs intentant impressionar la meva xicota? –va dir mentre l'agafava per la cintura com si marqués el territori.

–Jo? Per res del món! –vaig intentar fingir indiferència.

Ella em mirava. Ella sabia que havia dit una mentida. Sí, m'agradaria impressionar-la, però no per convidar-la a dinar, m'agradaria impressionar-la per la meva manera de ser, pels sentiments que sentia per ella.

–Divendres després de classe –va dir la Marta.

–Fet!

Es van posar els cascos, van pujar a l'escúter i es van allunyar. Ara havia d'aconseguir els diners per pagar el dinar. Tenia quaranta-vuit hores. A qui en demanava i amb quina excusa? La Marta havia dit que el restaurant xinès era car. Què considerava car? Ho havia d'investigar. Vaig tornar cap a casa caminant –normalment agafava el bus– i amb els ulls ben oberts buscant restaurants xinesos que anunciessin els preus dels plats a la carta que de vegades hi ha als aparadors. «Yang Tsé: especialitat ànec lacat, sopa agra picant, vedella amb *tsachai*, gambes amb bambú i bolets xinesos, cranc xinès amb gingebre.» El Ros segur que n'abusaria i demanaria dos plats i postres. Jo, per aparentar, faria el mateix. La Marta vés a saber. Així, per sobre, necessitava cent euros. Hauria d'haver callat, però ja era tard, havia quedat amb la Marta i el meu amic, el Ros –jo volia pensar que era amic–, i no volia fer el ridícul. Mentre anava cap a casa vaig tenir un pressentiment. Estava gairebé segur que el Ros no vindria al dinar. Me'l vaig imaginar amb unes angines de cavall, una grip, o una febre groga, que no sabia què era però que vaig relacionar amb la Xina. Aquest darrer pensament, em va fer somriure.

«Mama, he convidat uns amics a dinar i necessito cent euros.» «Papa, deixa'm anar cent euros que tinc un compromís.» «Iaia, tinc un embolic i si no pago cent euros m'estovaran uns ximplets.» «Iaio, et sobren cent euros? Ja saps, coses d'homes.» No sabia a qui demanar aquesta quantitat ni amb quin pretext. Vaig arribar a casa sense haver pres cap decisió, i encara que ho hagués fet tampoc no m'hauria servit de res. Al costat del plat de sopa hi havia una carta de Movistar.

–És la primera factura del mòbil –va dir el pare molt seriós.

Vaig treure la factura. Noranta-nou euros amb l'IVA inclòs.

–Ho sento –vaig dir–, m'he passat. No tornaré a fer-ho.

Si tenien una repassada a punt, se la van estalviar. La sinceritat i serietat amb què vaig dir allò els va deixar més glaçats que la factura. Ells no ho saben, però els vaig agrair de cor que no em fessin un sermó. D'alguna manera, des que em van comunicar el tema de l'adopció, teníem unes relacions molt més... Com dir-ho?... Molt més adultes, sí, molt més adultes. Mentre menjava la sopa, m'acomiadava dels rotllets de primavera, de l'ànec confitat, de l'avajó, de les nous, de l'arròs... Però sobretot, m'acomiadava de dinar amb la Marta. Si finalment el Ros agafava la febre groga o la grip, em donaria cops de cap contra la paret.

Era qüestió de pensar una bona excusa per ajornar el dinar indefinidament. I tot i que vaig estar tota la nit donant-hi voltes, em negava a fer-ho. Com si el cor tingués més força que el cervell.

L'endemà esquivava la Marta, però ella a mi, no.

–Estàs molt seriós, Gabri. Espero que demà, a l'hora de dinar, estiguis més eixerit.

–Sí, és clar, Marta, demà estaré tan content que fins i tot ballaré.

–Renoi, sí que estàs enfurismat. Ja et passarà. Guaita, per allà arriba el meu xicot. Fins després.

Vaig deixar passar dijous sense dir res. No volia desfer la cita. En tot cas, encara em quedava divendres al matí. Potser llavors m'inventaria qualsevol excusa «inesperada», o tal vegada diria la veritat, que, segons la iaia, és el millor que es pot fer sempre... «M'he passat amb el mòbil, no puc pagar el dinar.»

Divendres vaig anar a classe amb cara de pocs amics. No feia teatre. Estava fet pols. Em va durar poc. El Ros havia desaparegut. El seu pupitre era buit. Quan es va acabar la classe de mates, la Marta se'm va apropar.

–El Ros m'ha enviat un missatge al mòbil. Té una infecció bucal i febre. És baixa per al dinar.

Només havia de dir «ho ajornem i quan estigui recuperat ja quedarem», però no ho vaig fer.

–Primer he pensat de deixar el dinar per a un altre dia –va dir ella–, però si a tu et sembla bé, jo no tinc cap inconvenient per anar-hi sols.

–Hi anirem tots dos, Marta.

7

Al xinès de cap

I vam anar-hi. Vaig passar la resta del matí lluitant contra mi mateix. Sabia que a l'hora de pagar quedaria com un porc, que tal vegada la Marta no em parlaria mai més. Però volia estar amb ella, mirar-la, escoltar-la.

Hi vam anar fent un passeig, parlant de coses sense gaire importància.

–T'agrada anar amb moto?

–M'encanta. No has pensat de comprar-te'n una?

–Pensar-hi, sí, però no puc.

–A mi no em deixen. Els pares em diuen que esperi als divuit i llavors ja em compraran un cotxe.

–Saben que vas amb moto amb el Ros?

–Jo no els ho he dit.

–I el casc?

–Se l'enduu ell.

–Molt hàbils.

Vam entrar. Un senyor que semblava xinès ens va dedicar un somriure enorme i una reverència. Ens va fer un senyal amb la mà convidant-nos a seure. Ella es movia com si res. Es notava que anava sovint als restaurants. La Marta va seure i em va mirar.

–Estàs incòmode?

–No... La cadira és còmoda.

–Vull dir que et noto una mica rígid, tens. Vaig al lavabo.

Es va aixecar i em va deixar sol. Intentava fixar-me en la decoració, en els colors, els complements, ja que, al cap i a la fi, la primera idea d'anar a un xinès era per conèixer algunes coses més de la Xina. Però només pensava en la Marta. Ni tan sols pensava en la factura i l'escàndol que es produiria quan admetés que no portava més de quatre euros. Intentava dir-me: «I si truquen als mossos d'esquadra?» o alguna cosa similar. No ho aconseguia. Podia estar més d'una hora amb la Marta i això m'impedia pensar en altres coses.

–Olora les mans. M'encanta el sabó d'aquest restaurant.

Vaig ensumar-les.

–T'agrada el lloc?

–Sí, és molt..., molt xinès.

Va riure amb ganes.

–Saps per què he vingut?

–Havíem quedat, oi?

–Sí, *tonto*, però quan el teu amic m'ha enviat el missatge dient-me que no podia venir, jo he estat a punt de dir-te que ho deixéssim per un altre dia... Però el teu amic ha comès un error greu.

No vaig dir res. Vaig esperar que ella continués parlant.

–El Ros m'ha enviat un segon missatge: «Et prohibeixo que vagis a dinar amb en Gabri.»

–El Ros no volia que dinéssim plegats?

–El teu amic ha gosat utilitzar la paraula *prohibir* amb mi. Ho té clar! A mi m'han ensenyat el que, segons creuen els pares, haig o no haig de fer, puc o no puc fer... Però prohibir, mai.

«Fantàstic», vaig pensar, «el Ros l'ha pifiat amb la Marta. I a més, si no vol que estiguem junts és que em considera un rival perillós.»

–Ara no et facis il·lusions amb mi, d'acord? Estic aquí com a amiga.

Tocat i enfonsat, vaig pensar.

–Mirem la carta o demano pels dos?

–Mai no he estat en un xinès, demana pels dos.

Ho va fer.

–T'agrado molt, oi?

–Bé... Jo...

–La culpa és meva. Sé que us agrado a tots i per això vaig com qui sap què per l'escola. És una actitud defensiva, creu-me. En realitat no sóc així, tan..., tan no sé què... Una amiga de la mare que és psicòloga em va dir que és un escut per evitar que em facin mal al cor... Potser per això surto amb el Ros... És divertit, guapo i presumit... Surt amb mi per presumir i si un dia ho deixem, cap dels dos no plorarà... No estem enamorats, però ens agradem i ens ho passem bé. Et sorprèn?

–Una mica... Però em sembla que ho intuïa...

–Ja... Et dic una cosa? Em sembles un noi molt sensible.

–No sé si m'agrada donar aquesta imatge.

–És clar, als nois us agrada anar de sobrats, d'insensibles, de durs, de *lligons*.

–Si tu ho dius.

–Reconeixe-ho –va dir posant la mà sobre la meva.

Ho anava a admetre quan el cambrer va portar el primer plat. Va tenir un sabor agre quan ella em va dir «mai no em penso enamorar». Dolç quan ella reia davant la meva poca traça amb els bastonets. També va tenir un regust de ceba perquè la Marta repetia una vegada rere l'altra que jo era un *crio*, i de remolatxa per la remolatxa que acompanyava l'ingredient principal del plat. A més, el primer plat també va tenir una banda sonora repetitiva, una banda sonora que sortia del mòbil de la Marta anunciant-li un missatge rere l'altre. Quan va sonar el primer avís, va mirar el Samsung i va somriure amb certa malícia. Quan va sonar el segon va fer el mateix. El tercer va ser rebut amb cert disgust. El quart el va ignorar. El cinquè fou un avís de trucada a través d'una melodia d'Amaral. Es va aixecar i es va allunyar per donar privacitat a la conversa amb el Ros.

Van ser dos minuts, només dos. Intentava no mirar-la, com si d'aquesta manera pogués respectar la intimitat de la xerrada. Però la mirava. La vaig veure enfadada. Tenia un caràcter fort, sens dubte. Em vaig sentir incòmode, com si fos el culpable de la que imaginava una discussió forta. Definitivament, el meu amic devia estar enfadat i tal vegada gelós. Dos minuts, només dos minuts, prou temps per pensar que perdia un amic, per dir-me que no m'importava, per repensar-m'ho i considerar l'amistat com el llaç més fort entre les persones, per sentir-me egoista, per sentir-me afortunat, per veure com recollien els plats, per acabar el refresc i demanar-ne un altre... Per recordar tot seguit que no duia diners... Després, ella va tornar enfurismada fent un gest per desconnectar el mòbil...

–Homes! –va cridar–. Saps què m'ha dit qui ja saps? «Digues a en Gabri que no el culpo, però se'n recordarà.» Genial! No et culpa però te la guarda. I jo què? He estat jo qui ha convocat aquest dinar? He estat jo qui li ha enviat una infecció bucal? Què es pensa? Que estem aprofitant que ell no hi és per fer-nos petons? És així com confia en mi? Però què us heu cregut tots plegats? Jo no sóc una toia que se'n va amb un perquè l'altre està malalt, jo faig el que vull!

Jo, d'una cosa estava segur: aquell dinar el recordaria molt de temps, per haver estat amb la Marta, pel cacau que s'havia muntat i pel que es muntaria a l'hora de pagar.

Va seure i tot seguit va aixecar-se amb la motxilla a la mà.

–Anem, no tinc gana. Bé, si et vols quedar, et quedes, tu mateix, jo marxo. Què fas?

Quan va dir «què fas», ella ja estava a la porta del restaurant i jo encara no havia ni tan sols reaccionat.

–Pa... pago i vinc...

No sé si em va arribar a sentir. Havia marxat a tota velocitat. Vaig veure que el cambrer xinès em mirava sense deixar de somriure cortesament. Em vaig posar vermell quan es va apropar.

–*¿Le sirvo el segundo plato o también se marcha?*

–Millor..., em sembla que marxo... El compte, si us plau.

Suava, mirava cap a la taula, no volia aixecar la mirada...

–*Está pagado, señor... Señor, está pagado... Señor...*

Sentia el que em semblava que sentia o ho imaginava? Vaig mirar el cambrer.

–*Está pagado, señor. Muchas gracias.*

–Ets en Gabri, oi? –Un home s'havia apropat.

–S... sí..., senyor...

–Sóc el pare de la Marta. –Em va oferir la mà per xocar-la.– Ahir em va dir que vindríeu a dinar aquí. Jo estic en aquella taula amb uns clients.

–Jo... Molt de gust..., senyor –vaig dir mentre el saludava.

–Em va dir la Marta que seríeu tres.

–Sí... El Ros està malalt...

–Ah, el Ros! Us conec a tots des de Primària. Tu has canviat molt. Com estan els pares? Els recordo de quan coincidíem a les reunions de l'escola.

–Estan bé...

–Si t'afanyes pot ser que l'enxampis –va fer un gest cap a la porta–, tot i que quan la Marta s'enfada és millor deixar-la una bona estona... T'ho dic per experiència. Té un caràcter molt fort.

–Sí...

–No m'hi vull ficar, però crec que no s'ha enfadat amb tu. Fa uns moments reia molt –va dir això amb un to de complicitat molt agradable.

–Sí... Vull dir no...

–Haig de tornar amb els clients.

Per fi em vaig aixecar.

–És clar, és clar. No vull entretenir-lo. I gràcies per... pagar.

–Me'n deus una, xicot!

Ens vam acomiadar i vaig sortir del restaurant. Ni rastre de la Marta. Vaig tornar a l'escola totalment estabornit. D'una banda, m'havia alliberat d'una situació que no sabia definir. Què hauria passat amb la factura? Hauria acabat trucant als pares per donar-los un disgust? Probablement. D'altra banda, la Marta i el Ros havien discutit per una situació de què em sentia culpable. Res no hauria passat si quan les coses es van torçar no hagués tancat els ulls per fer un salt al buit. Mentre caminava, la futura germaneta també va aparèixer entre els pensaments. Segurament ignorava l'existència de restaurants xinesos molt lluny del seu país... Quina bestiesa, segur que per la seva edat ni sabia el que era un restaurant. Una criatura abandonada, sense pares, i nosaltres, sí, nosaltres, els pares i jo estàvem a punt de fer-li canviar la sort. Això em va alegrar i fins i tot em va fer sentir important. Podia sentir-me desmoralitzat, però pensant en la germaneta vaig descobrir una font d'energia positiva que convertia en secundari el disgust que acabava de viure. Jo no podia esperar que ningú s'apropés a mi per solucionar la situació amb la noia que estimava. Ni tampoc podia esperar que ningú més que jo arreglés la relació d'amistat amb el Ros. Vaig tornar a pensar en l'aparició gairebé miraculosa del pare de la Marta. Sabia ella que era al restaurant? Vaig voler creure que estava tan concentrada en mi que no se n'havia adonat. Però només ho vaig voler creure. Quan vaig entrar a la classe, ella ja estava asseguda fent exercicis. No em va mirar ni quan vaig passar pel seu costat. Una hora abans estàvem cara a cara, molt a prop. M'havia posat la mà damunt de la meva. M'havia deixat olorar l'aroma del sabó. Ara només li veia l'esquena, on reposaven els cabells llargs. Havia de dir-li alguna cosa, buscar unes paraules abans de l'arribada del professor. M'hi vaig apropar.

–Marta... Bé, vull dir-te que quan anava a pagar el cambrer m'ha dit que ja estava pagat i vet aquí que ha estat el teu pare. Ha pagat ell, estava amb uns clients...

–Això no m'importa.

–No et vull veure enfadada... Ho sento.

No va respondre. El full on em pensava que feia exercicis estava ple de cercles i ratlles, com fan algunes persones mentre parlen per telèfon. No es va girar en cap moment. En acabar les classes va sortir com un coet.

8

Conseqüències de la cita

El dilluns, el Ros ja s'havia recuperat de la infecció bucal. Se'm va apropar molt cregut, com si hagués guanyat una batalla.

–Dinant amb la meva xicota, eh?

Anava a dir-li que ell va faltar a la cita a què havia estat convidat, però em van sortir unes altres paraules.

–Mig dinant, Ros, mig dinant. Per culpa teva no vam arribar al segon plat i vam haver de marxar del restaurant.

Em va posar la mà a l'espatlla.

–No em vinguis amb rotllos de primavera, Gabriel.

–Aaaaaaa!

La mà es va convertir en una grapa que m'oprimia amb una força no gens amistosa. Em va deixar de prémer.

–Ja tens dos records del dinar. Més val que recordis el segon i oblidis el primer –va dir ensenyant-me el puny tancat.

–Veig que la Marta tenia raó. T'agrada dir als altres el que han de fer.

Em va palpejar l'espatlla.

–Això no és cosa teva. Per cert, has dit que no

us vau cruspir el segon plat per culpa meva?

El vaig mirar als ulls. Em prenia el pèl o tal vegada ella no li havia explicat el que va passar?

–Què mires? De veritat us vaig fer malbé el dinar?

–La boca, va ser la teva boca.

–Ah, vols dir que per culpa de la infecció no vaig venir? Sí, segur que si hagués vingut, tot hauria sortit millor. Vols dir això, oi?

No, no volia dir allò. Jo em referia a les seves amenaces, als seus missatges, a la seva trucada. Però no tenia ganes d'enemistar-me més amb ell, ni estava d'humor per continuar la conversa, ni volia donar-hi més voltes, però sobretot, no tenia ganes de tornar a sentir la seva mà estrenyent-me amb força.

–Vau parlar de mi? No ho neguis, has dit que la Marta et va dir que m'agrada dir el que els altres han de fer.

–Vas sortir a la conversa.

–Què més et va dir? T'ho va explicar... tot? Ja m'entens.

I tant que l'entenia. Quan va dir *tot* amb aquell to cínic, vaig sentir un dolor que no sé definir. No era aquesta mena de dolor com quan et colpegen jugant a futbol, ni el de la mà del Ros quan m'estrenyia, ni el mal de cap que em provoca concentrar-me en una lliçó de les que s'han de memoritzar moltes dades. Era un dolor moral, similar al que alguna vegada havia sentit quan l'Àngela m'havia acusat de fer una malifeta que en realitat havia fet ella; era similar, sí, però molt més in-tens. El Ros feia un somriure burleta. Sabia que les seves paraules em feien mal. Era la seva venjança. Vaig sentir ràbia.

Aquella nit no vaig dormir. Pensava en la Marta, en la frase del Ros quan va dir «t'ho va explicar tot?». Ho havien fet? Havien anat al llit? M'importava? Jo era capaç d'anar-me'n al llit amb una noia? Em venia de gust o em feia por? Por de què? De no saber-ho fer? Estava preparat? M'agradava tant la Marta que no podia pensar en el sexe sense ella? Alguna vegada fins a aquell moment havia pensat d'anar-me'n al llit amb la Marta? No, mai no ho havia pensat.

Els sentiments per ella eren més emocionals que físics. Ella ho sabia, gairebé m'ho va dir al dinar: «Em sembla que ets un noi molt sensible.» M'ho va dir mentre em tocava la mà. Jo els havia vist fent-se petons, però no pas agafats de la mà. Ella va posar la seva mà sobre la meva. «T'ho ha explicat... tot?» I què? Si ho han fet no és assumpte meu. Vull ser adult. Molts adults han tingut més d'un amor. Fins i tot és possible que el pare tingués *nòvia* abans de sortir amb la mare. O a l'inrevés. Aquest pensament em va provocar una sensació estranya, no m'ho havia plantejat. Vull ser adult. Fer l'amor o no és qüestió de temps, la Marta només és una amiga que surt amb un company de l'escola i no n'està enamorada. Un dia trobarà l'amor i probablement deixarà de sortir amb ell. Llavors, el Ros estarà com jo... Bé, com jo, no. Jo l'estimo. A ell li agrada. A tots ens agrada la Marta. Ell en *farda*. Els altres..., els altres podem ser els seus amics... O jo ja no ho sóc després del que va passar al restaurant xinès?

9

L'Àngela i la germana

Finalment va arribar el dia en què l'Àngela va rebre l'anunci que aviat tindria una germaneta.

–L'hi direm avui –va dir el pare.

–Ja era hora.

–Hi ha novetats, Gabriel. Si no hi ha cap problema, anirem a Pequín d'aquí a tres setmanes.

–I què pot passar?

La mare va respirar fondo.

–Hi ha hagut moments en què pensàvem que la nostra filla es perdria per sempre.

Quan va pronunciar «la nostra filla» em va impressionar. Aquella expressió tan senzilla va tenir la virtut de fer-me comprendre quants sentiments tenia aquella decisió.

–Ja ho veus, Gabriel –va dir el pare amb to festiu–, és com un embaràs. Quan la mare estava embarassada de tu i de l'Àngela, vam viure els moments millors de les nostres vides. És una sensació que ja experimentaràs. Vius amb una felicitat enorme però, al mateix temps, amb por... Bé, por no és la paraula... És prudència. El dia a dia d'un embaràs és una fase meravellosa. La panxa augmenta al mateix temps que la il·lusió i els temors que pugui passar alguna cosa dolenta... Per això deia que, també en aquest cas, sembla que estiguem embarassats.

–I encara estem a la fase de dubtes, de temors. És curiós: sabem que la filla ja ha nascut, però no la tenim... Sabem que ens necessita, però no ens té... I això ens fa patir. Hem signat un munt de papers, de documents, hem pagat...

–Pagat? –els vaig interrompre.

–Sí, però no tinguis la sensació que estem comprant una persona. No és així. Per aconseguir un nen adoptat, almenys en el nostre cas, cal fer gestions, parlar amb diversos organismes... Tot i que gaudim de l'ajut d'una organització que ens ha orientat, que ens ha dit els passos que havíem de fer per superar les dificultats... Tot genera unes despeses que fan que la mateixa organització pugui existir...

–I també cal dir que les autoritats de la Xina necessiten uns diners per ajudar milers de nenes i nens que necessiten assistència. Potser molts d'ells mai no seran adoptats.

–I què passa si no ho són?

–Creixen, van a l'escola... En realitat, tampoc no ho sabem gaire bé. Qui ho pot saber! Potser algun dia podran ser feliços... O no. La Xina és un país que evoluciona, que pot tenir un futur millor... Hi ha llocs a la Xina amb un bon nivell de vida... No sabem què els pot passar a tantes i tantes criatures sense família. A més, tampoc no sabem si l'Àngela, tu i la nova germana aconseguireu ser adults amb els vostres somnis realitzats. Viure en un país més desenvolupat i ric que la Xina no significa forçosament assolir la felicitat, ni de bon tros. La vida és plena de sorpreses, bones i no tan bones, i el món és bastant boig com pots veure si mires al teu entorn, si llegeixes diaris...

–El que segur que no li faltarà per damunt de tot és amor...

Mentre el pare deia aquesta frase, la mare em va ensenyar una fotografia. Per primera vegada veia la germaneta.

–Es diu Ai. Definitivament és una nena.

La foto no era gaire bona, semblava antiga, tot i que no ho podia ser perquè m'estaven dient que l'Ai tenia dos anys. A la fotografia, l'Ai feia un somriure trist, és a dir, res semblant als somriures d'espots publicitaris. El seu somriure era especial... Com si no estigués entrenada, vaja.

L'Àngela va arronsar el nas i el front. Va buscar refugi en la mare i va aixecar una mà perquè l'agafés el pare. Va fer algunes preguntes: «La podré banyar?», «La podré ensenyar a les amigues?», «La podré renyar?», «Podré jugar amb ella?».

Des d'aquell moment, moltes de les converses que hi havia a casa acabaven referint-se a l'Ai. Era com si ja fos entre nosaltres, però no hi era. Era, per dir-ho així, com si hagués anat de colònies. L'Ai va deixar de ser una estranya. Tots sentíem una mena de nervis. Jo relacionava l'inici del viatge amb l'arribada immediata de l'Ai i, quan vaig veure els bitllets amb destí a Pequín, vaig entendre que encara faltava una mica per conèixer-la. Gairebé tres dies d'avió entre anar i tornar, però el pitjor va ser el que van dir els pares: «Un cop a la Xina potser haurem d'esperar entre una i tres setmanes.» Renoi!

–Què significa Ai?

Els pares em van mirar sorpresos.

–Doncs, no ho sabem.

–I li direm així?

–És el seu nom. No t'agrada, Gabriel?

–No ho sé. Tampoc no sé si Gabriel o Àngela m'agraden.

–Es diu Ai? –va preguntar l'Àngela, i va fer el mateix gest que quan veia coliflor per sopar–. Quin nom tan estrany.

–És un nom xinès. A la Xina moltes nenes es diuen Ai, com aquí moltes es diuen Àngela, Maria...

–Ai, ai, ai... Semblarà que li faci mal la panxa.

Vam riure amb aquella sortida.

–I quins cognoms tindrà? –va continuar preguntant la menuda.

–Els mateixos que tu i el Gabriel...

L'Àngela es va quedar pensativa sense canviar d'expressió. Va romandre així una bona estona.

–Si fos un nen li diria Tete, com al Gabriel, i al Gabriel, com que ja és gran, no li diria Tete, li diria Gabriel –va dir molt decidida–. Però com que és una nena, com li puc dir? –va respirar fondo i va continuar, com volent dir que tant era–. Ai, no ho sé!

10

Sortida accidentada

Dissabte. Els del grup havíem quedat per anar al cinema en una de les sales d'un d'aquests complexos enormes plens de botigues, supermercats, òptiques, etc. Després de veure la pel·lícula, i com que encara teníem alguns euros, vam anar a jugar a bitlles. Ho vam fer per parelles. L'Anna i jo n'érem una. L'Anna és aquest tipus de noia que mai no crida l'atenció. Bona companya d'escola i estudiant notable... De fet, li dèiem «la Notable», que era la nota que sempre aconseguia en gairebé totes les assignatures. Sempre vesteix discretament i té la virtut d'estar en el lloc oportú en cada moment. És bastant guapa però sembla que ho vulgui dissimular. És com una germana. Vam guanyar dues partides consecutives, la qual cosa va fer enfurismar més el Ros, que des del dia del restaurant estava força agressiu. Després de perdre a les bitlles es va posar imbècil fent petons a la Marta com per fer-me agafar gelosia.

–Em convides a un refresc? –em va proposar l'Anna demostrant un tacte molt delicat.

Em va agafar per apartar-me de l'escena. Em vaig deixar portar.

–Hi dónes massa importància, Gabri.

–Tant se'm nota?

Ella va bufar.

–I tant! Mira, et diré un secret si tu em promets no dir-ho a ningú.

–Tu vas fer-ho, vas prometre no explicar-ho?

–No siguis dolent, Gabri. Sí, ho vaig fer. Però si et vull dir el secret és perquè crec que faig bé. El que et diré, només t'interessa a tu.

–D'acord. Ho prometo.

–La Marta no seguirà gaire temps amb el Ros. Tallaran.

–Doncs, veient-la, ningú no ho diria. S'estan fent petons.

–Oh, els petons! Són tan llaminers! –va exclamar com si fos una actriu exagerant damunt d'un escenari.

Vaig riure amb ganes.

–De què rius, poca-solta?

–De com has dit això... M'ha fet gràcia... Jo, bé, no ho sé... Mai no he donat gaire importància als petons... De fet, encara no n'he fet mai cap... Vull dir, com els que ells es fan...

–No m'has descobert res. Totes ho sabem.

Crec que em vaig posar vermell i l'Anna va riure.

–Em sento ridícul!

–No siguis ase! Jo em sentia així fa sis mesos i em sembla que... quatre dies –encara reia.

–Fa sis mesos?... I vas fer un petó?

–Me'l van fer... La primera vegada... Ja en tenia ganes! Veus com no es fan petons només a les pel·lícules, les companyes de classe també... Bé, no totes, però gairebé...

–Doncs mira, així és com estic jo..., en el gairebé.

–Però un dia –semblava que era una actriu fent teatre–, zas! Un petó... I després, un altre, i llavors saps que els petons són saborosos.

–Si tu ho dius.

–El que passa, amic, és que estàs enamorat i això ho complica tot, i com que mai no has fet un morreig creus que si el fas o te'l fa una noia que no sigui la Marta, la traeixes.

–Tu vas per a psicòloga o què?

–Mai no se sap! Puc ser psicòloga o... sexòloga –i va riure un altre cop–. Au, vinga, ànim... Jo he experimentat el que és un petó i tu estàs experimentant el patiment de l'amor no correspost! Es passa molt malament? M'ho has de dir, jo t'he dit les sensacions d'un petó... Saborós, dolç... Et posa la pell de gallina...

–Pse... Què vols que et digui... Estar enamorat sense que et facin cas és... trist.

–M'ho esperava! Però et diré una cosa... Tal com ho veig, en aquesta tristor hi ha d'haver alguna cosa bona.

–Ja em diràs quina!

–N'estic segura... Imagina't que veus un pastís de xocolata. T'agrada la xocolata?

–L'acne ho demostra.

–Doncs, allà a l'aparador hi ha el pastís... Acabat de fer... Amb quin gust te'l cruspiries! Però no el pots comprar i has de seguir el teu camí... L'has vist, però saps molt bé que no és per a tu... Almenys de moment. Però alguna cosa et diu que arribarà el dia que et podràs menjar aquell o un altre pastís que també et vindrà de gust.

Em va mirar amb gest interrogant.

–És un bon exemple?

–En qualsevol cas, ha estat un exemple deliciós.

Vam riure de nou.

–Noi, jo no m'enamoro. No hi ha manera. I vull enamorar-me, però no hi ha manera. M'agraden els nois... Però no m'enamoro de cap. Ja m'arribarà.

Vam agafar les llaunes de llimonada que havíem tret de la màquina.

–Gràcies, Anna.

–Ei, que la Fanta l'has pagat tu.

–Gràcies per ser com ets.

–D'acord... Accepto les gràcies. Per cert, penses que sóc atractiva?

–Et posaria un notable.

Vam tornar a riure.

–Bé... Diré que ets... Maca... Molt maca.

–A veure, Gabriel... –va adoptar un posat de model–. Maca... Què vol dir maca? Quan els nois dieu que una noia és maca us referiu a la cara, en canvi, si us referiu al cos, llavors dieu que està bona... O *top*, com quan parleu de la Marta. Jo no arribo a tant?

–Sí, sí... Tens un cos molt... Ja m'entens... Però sembla que ho vulguis dissimular.

–És que no m'agrada marcar gaire les corbes... Quina talla de sostenidor creus que porto...?

–Anna! Jo què sé.

–No et tallis... Si els nois sou experts en aquestes coses... Que si la Beyoncé, que si la Kardashian, que si aquesta, que si l'altra... Va, no et tallis.

–Vuitanta-cinc.

–Bingo! El premi per encertar és una confessió: ets un noi atractiu, res de l'altre món, però atractiu, de veritat... Ets un tipus fantàstic. Només et falta ser una mica més... agosarat. Però tornem a mi, que m'interessa per a la meva autoestima. Quin defecte em trobes?

–Cap.

–No val...

–Bé, tens un defecte.

Es va apropar a mi amb curiositat.

–Quin, quin?

–No saps guardar un secret.

–Això és un cop baix. Mira, crec que m'enfadaré amb tu. Però, avui no, un altre dia. Avui sóc molt feliç... Endevina'n el motiu.

–Has tret sis notables i dos...

–Fred... Tindré un germanet!

Va fer un salt i va tornar a cridar: «Tindré un germanet!!!»

En aquell moment va arribar la resta del grup.

–Tindràs un germanet? –va preguntar la Marta.

–Sí!!!

–Què passa, Ros, els petons sense testimonis no t'interessen? –li va dir l'Anna.

–Més val que callis, llesta... Et molestem? Et volies lligar el *crio* aquest?

Vaig fer un gest de ràbia cap al Ros, però l'Anna em va abraçar.

–No siguis imbècil! Sóc feliç, seré germana... Ves per on, quan gairebé n'havia perdut les esperances, ahir els pares em diuen la bona nova. –Va deixar d'abraçar-me.– A veure si els vostres pares s'hi animen...

–Bé –vaig dir jo–, en realitat els meus ja hi estan posats.

–Silenci! Cal analitzar la frase d'en Gabri... Què vol dir *hi estan posats*? –va dir la Marta.

–Ets *tonta* o què? Vol dir que els pares d'en Gabri passen el dia... –El Ros va dir allò fent un moviment que, encara que no m'era gens estrany, em va semblar brut per referir-se als meus pares.

–No et passis de llest, Ros... A més, estàs pixant fora de test, d'acord? –vaig replicar amb un to seriós que a mi mateix em va sorprendre.

La Marta em va mirar tan sorpresa com ho estava jo. L'Anna va tornar a intervenir per evitar una picabaralla.

–A veure, a poc a poc... En el cas dels meus pares, han tingut una relació sexual i la mare ha quedat embarassada. Suposo que fins aquí la similitud és total.

–Doncs, no...

Llavors el Ros es va passar de llest.

–Ja ho sé... La mare d'en Gabri està embarassada d'un altre home –va dir amb molta mala bava–, o potser és que el pare ha deixat embarassada l'amant.

–Continues pixant fora de test –vaig dir molt encès–: tindré una germana adoptada!

–Ah, una adopció... És clar, després de veure com els va sortir el Gabriel han decidit...

No va poder dir res més, vaig saltar-li a sobre mentre li donava cops de puny. Els del grup crec que intentaven separar-me, aturar-me... En canvi, el Ros reia com un condemnat.

–Traieu-me'l del damunt que em fa pessigolles!!

Allò em va enfurismar encara més i el vaig colpejar amb totes les forces. Ell estava amb l'esquena a terra i jo assegut a la seva panxa. Es protegia el rostre amb els braços, però no va poder evitar que un dels meus cops li arribés a la cara. Li vaig fer mal perquè des d'aquell moment va passar de la defensa a l'atac i de cop i volta vaig tenir la sensació que m'havia trencat el nas. Vaig caure cap enrere mentre em posava les mans a la cara. Sentia una discussió però no gosava obrir els ulls.

–Ets un imbècil!

–Ell ha començat.

–Tu t'has ficat amb ell, malparit!

–Va, que el que li fa mal no és el nas... Li pica una altra cosa. Anem-nos-en, Marta.

–A mi deixa'm en pau. Ets un cregut de merda!

Crec que el Ros va escopir-me.

Hi va haver un moment de silenci. Continuava a terra amb les mans tapant-me la cara. El nas em feia un mal horrible i em sagnava.

Vaig sentir la veu de l'Anna.

–Té, un mocador. Et fa molt de mal? Deixa'm mirar-te'l.

També em feia mal l'orgull. Em sentia ridícul, humiliat. A poc a poc em vaig incorporar. Tapant-me el nas amb el mocador vaig deixar que l'Anna em mirés. No hi havia ningú més del grup.

–Han marxat... El Ros ho ha fet sol.

–M'és igual, no vull saber res de ningú, ni de la Marta ni de ningú.

–Ara no ho paguis amb mi...

–Deixa'm, si us plau.

Vaig anar cap als lavabos i allà em vaig rentar la cara fins que l'aigua que queia va deixar de ser vermella i rosa. Em vaig mirar al mirall. Esperava un drama, però no n'hi havia per tant. El nas semblava sencer i era al seu lloc, tot i estar inflat i vermellós. Vaig quedar-me allà dins tancat una bona estona.

Quan vaig arribar a casa vaig anar a l'habitació directament. Després al lavabo per comprovar l'estat del nas. Per sort, podia ser creïble si deia que havia ensopegat amb una porta. Va sonar el mòbil. L'Anna em trucava.

–Et fa mal?

–No... Escolta, jo... Gràcies pel mocador i tot això... Sé que has intentat evitar la tragèdia... Sóc un tarambana. Per una vegada que em barallo, acabo rebent...

–T'estava buscant i t'ha trobat. A mi em fa molta ràbia que el Ros m'hagi espatllat la gran notícia. Vull dir que tindré un germanet... Em fa tanta il·lusió... Imagino que tu també deus estar com un flam amb la germaneta adoptada.

Vam estar parlant molta estona sobre els futurs germanets. En acabar aquella conversa, vaig marcar el número del Ros.

–T'he tocat bé, eh? –va ser la seva salutació.

–Força bé, sí. Escolta, Ros, no m'agrada barallar-me, ja ho saps...

–Oblida-te'n.

–D'acord. Oblidat. Però sàpigues que si em vols prendre el pèl, em faré respectar, que et quedi clar.

Vaig tallar la comunicació i vaig tenir la sensació d'haver-me tret un pes del damunt. Vaig dormir tota la nit d'una tirada.

Diumenge no em vaig moure de casa. Vaig estar moltes hores a l'habitació preparant els exàmens i mirant el sostre. No vaig connectar el mòbil. Després de sopar vaig compartir una estona de tele amb l'Àngela i els pares. Quan ells se'n van anar al llit, jo també ho vaig fer.

Estava esfereït. Davant meu, a menys de cinc metres, els estimballs més immensos que mai no havia imaginat. La iaia Carme, darrere meu, reia de la meva por. Jo suava i ella reia. Sentia els ulls blaus menuts mirant-me el clatell. Els seus cabells, ara tenyits de color blau, s'amagaven dins del casc de seguretat. No gosava mirar cap endavant, però no em quedava més remei. El sol baixava ràpid cap a darrere de les muntanyes. La iaia va fer un crit d'ànim i em va obligar a córrer cap al precipici. Estàvem lligats a través d'un arnès, vaig empassar-me la saliva mentre obria els ulls tot el que podia... Els peus, per no ensopegar, anaven al mateix ritme que els de la iaia... Cinc metres, quatre, tres, dos, un... Un salt i...

Vaig tancar les parpelles amb una força descomunal, com si volgués enganxar-les pell amb pell. Vaig sentir un buit enorme a l'estómac mentre tenia la sensació de caure cap al terra llunyà.

De cop i volta el vol es va estabilitzar. Van passar uns segons fins que vaig tenir el valor d'obrir a poc a poc les finestres que m'impedien la visió.

Volava per damunt del Gran Canyó del Colorado com una àliga però amb el cor accelerat per l'emoció i el temor, i ho feia amb la iaia Carme, que, divertida, estirava les cordes d'una ala delta espectacular. El que veia no era real. Massa bonic perquè ho fos. Sota dels nostres cossos volaven ocells negres. Suràvem per l'aire amb la mateixa facilitat que ho fa un suro a l'aigua. El tall del Gran Canyó deixava veure les intimitats de les muntanyes... Ara les pedres eren ocres, ara taronges, ara marrons, i allà baix, un fil llarg i estret del color que dóna nom a l'indret corria fent escuma blanca quan topava contra obstacles naturals. Una sensació de pau em va envair. Una mà em va prémer la meva. Llavors vaig girar el cap per mirar-la, però en lloc de trobar-me amb els ulls de la iaia em vaig trobar amb els de la Marta. Em va abraçar amb força mentre els cossos, guiats pel vent, dibuixaven un estel sota un sol gran, vermell i bonic que fins llavors només havia vist algun vespre a Menorca. No volia parpellejar per no perdre ni un moment d'aquell espectacle, no volia tancar els ulls ni una dècima de segon perquè em feia por que tot allò només fos un somni, un somni produït per la postal que havia llegit aquella tarda de diumenge... «Estimats fills i néts. Avui hem sobrevolat amb avioneta el Canyó del Colorado. Ha estat meravellós. Malgrat el soroll del motor, ens ha semblat que sentíem música celestial. Tant de bo algun dia pugueu experimentar el mateix que nosaltres en companyia de la persona més estimada. Us estimem. Postdata: Hem guanyat un dineral a un casino de Las Vegas. Ens ho gastarem viatjant més. Petons.»

I ja despert, al llit, em vaig deixar enganyar per no trencar aquell moment màgic.

11

Exercici lliure

Juny. Els exàmens amenacen altra vegada. El mestre ens ha dit que preparem una redacció sobre algun dels temes comentats al llarg del curs. Busco per Internet els fets de la plaça de Tiananmen. Entro a l'hemeroteca digital d'un diari i hi trobo un article referent al 25 aniversari i llegeixo: «Fou el 4 de juny de 1989 (el cinc per la diferència horària) quan el règim xinès va posar fi a la revolta estudiantil que durava ja sis setmanes i que reclamava la fi de la dictadura i l'arribada de la democràcia. Els tancs van aixafar veus i cossos i van provocar centenars de morts entre els manifestants.»

Em quedo pensatiu una bona estona. Em vénen al cap converses entre els iaios i els pares a les quals mai no he parat atenció –és curiós com el cervell arxiva tot el que ens envolta. Recordo opinions sobre coses que passen al món com ara terratrèmols, tsunamis, guerres, racisme, atemptats... Crec que estic prenen consciència del món on habitem i que fins ara només m'he preocupat de mi mateix.

Deixo de llegir i em ve a la memòria la fotografia que ens va ensenyar un professor, aquella on es veia un estudiant sol davant d'un tanc. No vaig

dedicar-hi gaire atenció, però ara em commou. Un jove (una mica més gran que jo) indefens davant d'una arma de destrucció poderosa. Què es pot sentir en una situació com aquella? Es pot ser conscient del que fas? Què et porta a fer-ho? És valentia o suïcidi? És desesperació? Tenir ideals et dóna coratge? No és més tràgic si l'exèrcit que t'apunta és el del teu país? Escric la redacció, a poc a poc, mesurant cada paraula, mirant d'expressar els fets i els dubtes que em sorgeixen. Em sorprenc rellegint-ne un paràgraf: «Què pensarien els soldats que menaven el tanc? Quina medalla podrien lluir per passar pel damunt del jove que els desafiava?». Em sento una mica avergonyit per aquestes reflexions.

No vull semblar un setciències. Dubto sobre si presentar la redacció i penso en fer-ne una altra. Penso en temes com els tarats de la saga *Gran Her-*

mano –ho reconec, és tema de conversa entre la colla–. Tinc una idea millor! Escriuré sobre l'adopció! M'hi poso i no me'n surto. Torno a llegir el treball sobre Tiananmen i em faig una pregunta: «No era la intenció del mestre que prenguéssim consciència del nostre món?».

12

Escoltar

No estic gaire fi, tinc com una sensació estranya de culpabilitat. M'adono que puc considerar-me un jove afortunat, que gairebé tinc tot allò que vull, que gairebé em sobren coses. Però em falla l'amor. No tinc l'amor de la Marta. Em pregunto si tinc dret a estar deprimit per això. De vegades em dic que sí, que hi tinc tot el dret, però d'altres em dic que no. Llavors tinc una lluita interior i m'obligo a esforçar-me més en els estudis –arriben els exàmens–, a ser més útil als pares i a l'Àngela... Tinc la necessitat de sentir-me útil... Aquesta pot ser la resposta que moralment necessito. Si fins ara he viscut per ser servit, potser és el moment que ajudi les persones que tinc més a prop. Tal vegada, sense adonar-me'n gaire, ja he fet un pas important. He descobert que és molt important escoltar. Escoltar és molt important. Quan algú t'explica qualsevol cosa, vol ser escoltat. Fa unes nits, mentre estudiava, vaig encendre la ràdio amb l'ànim de fer un parèntesi entre lliçó i lliçó. Em vaig quedar en una emissora –la Ser– que fa un programa en què la gent truca per parlar de frustracions, decepcions... Truquen per ser escoltats. Per saber que algú els escolta. Ha de ser dur haver de trucar de matinada a una emissora de ràdio per ser escoltat. Em va agradar la presentadora de l'espai. No els interrompia, els deixava xerrar, els escoltava. Em vaig imaginar les persones que trucaven com si estiguessin fent cua davant d'un telèfon públic. A poc a poc, d'una en una, hi anaven entrant per dir la seva. I des d'aquell telèfon públic feien el discurs, sense veure les cares dels qui, com ells mateixos, necessitaven que algú els escoltés, els parés atenció, sense ser interromputs, sense patir rèpliques... I és que quan algú se'ns apropa per explicar-nos qui sap què, normalment l'interrompem... Si algú ens diu: «He passat una grip de cavall», l'interrompem per dir: «Per grip, la meva, això sí que ha estat una grip.» Si ens diuen: «Haig d'estudiar, tinc un examen i vaig molt endarrerit», obté com a resposta: «Calla, calla, jo sí que vaig endarrerit»... I així, sempre... «A casa no m'entenen»... «A mi sí que no m'entenen»... «Necessito diners»... «Jo sí que en necessito»... «Vaig tenir una discussió amb el pare»... «Discussió, dius? Per discussió, la meva»... «Tinc un cop al turmell»... «Jo sí que tinc el turmell ben inflat»... «La meva germana és molt llesta»... «Per llesta, la meva»... «Tinc la pell cremada de prendre el sol»... «Això no és res, jo he patit una insolació...» Tot és: «jo, jo més que tu, jo, jo, jo»...

He posat en pràctica això d'escoltar amb atenció quan algú em parla. Puc assegurar que he sorprès els interlocutors. La mare, per exemple. Després d'estar com uns deu minuts parlant-me sense ser interrompuda, em va preguntar si em trobava bé. «Molt bé, em trobo molt bé. Que faig mala cara?» El pare em va preguntar si estava parlant amb la paret i un mestre que m'inculcava la importància de l'assignatura que impartia, em va dir: «Et trobo absent, com si tinguessis el cap en un altre lloc.» És a dir, que ni a casa, ni a l'escola no hi ha el costum d'escoltar. Si no dius la teva abans de deixar acabar una o dues frases, pensen que tens la grip, que t'has convertit en una paret o que tens el cap a Austràlia. Una mica lamentable, tot plegat. A més, he descobert que escoltar enriqueix. I també que és la millor manera d'entendre-ho tot millor, des dels estats d'ànim dels pares o dels iaios, als sentiments més reservats dels amics. Mai no hi havia caigut que en Pere, que sempre explica acudits quan sortim amb la colla, utilitza aquest recurs per ser escoltat. Ens fa riure amb pallassades, i els nostres somriures el fan sentir bé. Possiblement en Pere podria dir moltes coses, però deu pensar que ningú vol escoltar-les. M'estic complicant pensant tant... Però tinc una família que m'estima, tinc amics i companys, vaig a l'escola... I això em fa ser una persona amb molta sort. M'he adonat que he obert els ulls cap a moltes coses que m'arriben des de molt lluny, que hi ha moltes coses més enllà del cercle habitual; m'he adonat que si hagués nascut al Nepal, tal vegada seria un xerpa dels que fan de guia als escaladors que pugen a l'Everest; m'he adonat que si hagués nascut en qualsevol dels països més pobres, tal vegada hauria mort per una diarrea o per la manca de menjar; m'he adonat que si hagués nascut en un país islàmic, hauria respectat el ramadà i hauria resat tres cops al dia orientat cap a la Meca; m'he adonat que la meva germana podria ser lapidada si l'acusessin d'adulteri; m'he adonat que a la meva edat podria ser un guerriller que lluités contra un exèrcit. Segurament no puc fer que les coses siguin millors per a molta gent, però sabent el que els passa, em sento millor amb mi mateix. Si jo fos l'Ai, segur que m'agradaria ser adoptat. Definitivament, no em puc deprimir.

13

Un canvi inesperat

De cop i volta l'estat d'ànim m'ha canviat radicalment. Per una vegada, crec que aquest estiu no hauré de carregar amb cap insuficient. Després dels exàmens, posaria la mà al foc que em presentaré a casa amb notícies molt bones. Però també estic eufòric per un altre motiu. Dissabte passat la colla es va reunir a Castelldefels. La Marta es va presentar amb una amiga, la Maribel. És molt maca i atractiva. Al principi, no vam parlar gaire... I després, tampoc, la veritat. Vam anar a menjar uns entrepans i després al Baretto, on vaig demanar una clara per gastar els tres euros que em quedaven. Les noies xisclaven i ballaven, i després d'una estona de sentir-me com una sardina dins de la llauna, vaig sortir al carrer per buscar una mica d'aire. Poc després, la Maribel feia el mateix.

–No sé si fa més calor al carrer o dins del local –va dir.

–Crec que dins del Baretto. Jo suava.

–Jo sí que suava –va dir ella.

Vaig riure.

–De què rius? Què he dit?

–No, de res.

–Et rius de mi...

–No, de veritat...

–Segur?

–És que fa poc estava pensant que sempre que algú diu, per exemple, «tinc calor», qui escolta respon «jo encara més».

–Renoi, quins pensaments més profunds.

–Prova-ho. Apropa't a qui vulguis i digues-li que tens calor... Veuràs com et responen «Jo sí que en tinc». Si no és així, et dec una *birra*, i si t'ho diuen, me la deus tu.

La Maribel va veure en Pere, que en aquell moment també sortia del Baretto.

–*Osti*, Pere, quina calor que tinc!

–Calla, calla, jo sí que en tinc!!!

La Maribel i jo vam riure de gust. En Pere ens va mirar com si estiguéssim bojos i va fer mitja volta.

–Bé... O sigui que ets el pensador de la colla... Et dec una cervesa.

–No cal que em convidis ara. Ja he pres una clara i no vull acabar marejat. A més, si jo hagués perdut, tampoc no te l'hauria pagat ara, no em queda ni un euro.

–És a dir que ets un pensador i mal pagador de deutes.

–Que jo sàpiga, no tinc cap deute. En canvi tu...

–Doncs, som-hi. Entrem i et convido.

–No. Dues clares em pugen al cap.

–Bé, doncs et pagaré d'una altra manera que també et pujarà al cap.

Em va envoltar amb els braços i em va fer un petó a la boca que no vaig saber respondre adequadament. Es va separar una mica per mirar-me als ulls.

–Necessites una mica de pràctica. Deixa't portar. Fes el mateix que faig jo.

Em va fer un altre petó, aquesta vegada més llarg.

M'hauria encantat que allò hagués continuat, però de cop i volta va sonar una cançó d'aquestes que sona a totes les emissores i a totes les hores, i la Maribel va fer un crit, va dir alguna cosa similar a «vaig a ballar» i va entrar al Baretto. Em vaig quedar com un tanoca la resta de la nit.

El meu cap donava voltes i més voltes al que m'havia passat. Pensava que la Maribel devia estar acostumada a fer petons com aquells. Estava equivocat. Quan ja portava més d'una hora intentant dormir, vaig rebre un missatge al mòbil: «Hola, pensador. T'espero demà 12h costat quiosc Pl. Molina. Vull parlar.»

Vaig anar a la cita i confesso que no ho vaig fer pensant que ella volia parlar. Tenia l'esperança que continuéssim allò que va interrompre la cançó de moda. Vaig arribar al punt de reunió un quart abans, però en lloc de quedar-me a prop del quiosc, vaig mig amagar-me en un portal per vigilar si ella apareixia, no fos cas que tot fos una broma. Va arribar cinc minuts després. No em vaig moure. Volia estar ben segur que per allà no hi havia ningú més de la colla. La mirava. Quan passaven deu minuts del migdia, em vaig deixar veure.

–Arribes tard.

–Haig de disculpar-me?

–Prova-ho.

–No ha sonat el despertador. El diumenge el desconnecto.

–No m'ho crec.

–He hagut d'anar a comprar a la fleca i hi havia cua.

–És bastant creïble.

–He arribat a tres quarts de dotze i t'he estat observant des que has arribat cinc minuts després.

–I m'has tingut esperant vint minuts?

–Sí.

–Et crec. He encertat l'excusa correcta?

–Sí.

–Ja m'ho cobraré. Ara recuperem el temps perdut. On anem?

–No ho sé. On es pot anar un diumenge al matí?

–Agafem el bus turístic! Portes euros o continues pelat?

–Tinc deu euros.

–Comprovem si entre els dos en tenim prou.

Vam pujar al bus turístic –mai no havia pensat d'agafar-lo– i per sort vam poder pagar els bitllets. Com que feia un dia força bo, vam pujar a la part de dalt, la que és descoberta, i ens vam trobar envoltats de japonesos que semblaven ser molt feliços per tot el que veien. És realment divertit fer de turista a la ciutat on has nascut. Ens feia gràcia mirar amb quina atenció assenyalaven amb admiració edificis i carrers tan familiars per a nosaltres, als quals, probablement, no donàvem la importància que mereixen. El passeig de Gràcia,

la Pedrera, el port, la Sagrada Família... En aquest indret, el bus es va aturar i els japonesos van baixar bocabadats. Vaig fer el gest d'aixecar-me quan la Maribel em va passar el braç per la espatlla i hi va recolzar el cap. Semblàvem *nòvios*.

–Estàs bé? –li vaig dir.

–Sí, molt bé. Vull que sàpigues que ahir va ser la primera vegada que vaig fer... el que ja saps.

–Vols dir el petó?

–Els petons... Van ser dos... Jo mai no havia fet petons així, sense motiu aparent... He fet petons, però mai d'una manera tan... tan...

–Espontània?

–Renoi, com es nota que ets el pensador... Sí, espontània... A tu ni t'ho pregunto –va somriure–, però n'aprens ràpid... Per això me'n vaig anar a ballar. Si aquell petó hagués durat una mica més, segurament n'hauria arribat un altre, i després un altre... I em va fer vergonya. Semblava que fos una experta. Et vaig fer aquesta sensació?

–Una mica...

–Llavors, vaig fer bé d'anar-me'n a ballar. Creus que també vaig fer bé d'enviar-te el missatge?

–Suposo.

–Volia dir-te el que t'he dit. M'entens?

–Em sembla que sí. Em sembla que t'entenc...

–N'estic segura.

No vam parlar gaire més. Els japonesos van tornar al cap d'una estona, però ja no ens cridaven tant l'atenció. Ella tenia el cap sobre el meu pit i jo l'abraçava. Tots dos havíem d'anar a dinar a casa. Abans de separar-nos ens vam fer un petó molt dolç als llavis. Em va picar l'ullet.

–Pensa una mica en mi i jo ho faré en tu. Ja quedarem per intercanviar... els pensaments.

Quan penso en ella, tinc un problema. No sé si m'agrada més recordar quan estàvem al bus, els petons de dissabte o el petó de comiat de diumenge. Per tot plegat, estic eufòric.

14

La visita

«Tots pensem que hi ha coses que sabem fer pràcticament des que venim al món. Per exemple, somriure i plorar. Plorar va implícit amb el fet de néixer, però somriure... Somriure, tal vegada no. Per somriure, el nadó ha de trobar-se bé, no tenir el culet brut, estar ben alimentat i rebre moixaines. Ignoro quantes vegades havia somrigut l'Igor abans que l'adoptéssim. Poques, molt poques.»

L'Igor és un nen adoptat nascut a Madagascar. El vaig conèixer dimecres a la tarda. Ell i els seus pares, la Maria i en Lluís, van venir a casa. Els pares havien acceptat amb molt d'interès la proposta d'escoltar altres parelles que, com ells, havien pres la decisió de tenir un fill adoptat. Mentre l'Igor jugava a trencar tot allò que l'Àngela compartia amb ell, la resta escoltàvem les experiències, però, sobretot, les sensacions dels seus pares.

–El primer somriure de l'Igor va tardar a arribar. Quan el vam adoptar tenia dos anys. Les primeres setmanes van ser dures per a tots –deia en Lluís.

–Dormia moltes hores i es despertava plorant –va prosseguir la Maria–, i plorava fins que menjava. Segurament relacionava el plorar amb la manera de demanar el menjar. Com els ocellets que des del niu criden i criden fins que arriba la mare amb els cucs. A més, no se separava de mi... Si en Lluís se li apropava, l'Igor se m'enganxava a les cames i es posava rabiós.

–Havíem d'anar amb molt de tacte amb tot el que fèiem, fins que a poc a poc em va anar agafant confiança... Ara, com podeu veure, és un terratrèmol.

–Mai no oblidarem el primer somriure que ens va regalar. Va costar, però va ser un moment... –La Maria va empassar saliva per desfer-se el nus de la gola.

–L'estàvem banyant... Va començar a esquitxar-se donant cops de mà a l'aigua... Primer ens va mirar i va somriure... Després li vam mullar el cap i va començar a riure com si mai no ho hagués fet...

–Vam plorar com dos ximples. Però encara vam vessar més llàgrimes quan... –es van agafar les mans–, quan... És increïble, però, sabeu que no sabia fer un petó?

Els pares i jo ens vam mirar incrèduls.

–Us ho podeu ben creure: l'Igor no sabia fer petons. Nosaltres li fèiem petons, sobretot jo –va dir la Maria–, perquè, com us hem dit, l'Igor rebutjava en Lluís... El pobre, només li podia fer un petó quan dormia. I tot d'una, un dia, es va llevar sense plorar... Nosaltres estàvem a la cuina... El vam veure mirant-nos des de la porta... Jo vaig dir-li «Bon dia, Igor» i vaig obrir els braços tot esperant que vingués... Va córrer cap a mi, el vaig agafar a coll i el vaig abraçar... Li vaig fer dos petons i, de cop i volta, ell me'ls va tornar, em va fer dos petons... I també un a en Lluís... Crec que vam plorar com dues magdalenes!!

Aquella història real em va impactar. Un nen de dos anys que no sabia fer petons! Allò em va fer pensar en la manca d'afecte que han de patir molts nens que, pels motius que siguin, esperen ser adoptats. Què ha de ser pitjor, no saber fer un petó o saber-ne fer i no tenir ningú a qui fer-n'hi? Llavors vaig descobrir que quan arribés l'Ai no estaria tot fet. Hauríem de passar un temps d'adaptació mútua. No arribaria i ja està, ja ets aquí i «ara vés-te'n al llit», «ara mira la tele», «ara juga», «ara no molestis», «ara a banyar-te», «ara fes-me un petó»... No, quan l'Ai fos a casa començaria una

etapa nova en què jo també hauria de participar-hi. Vaig pensar amb l'Àngela, que encara és la menuda de la família... Ella també viuria uns moments molt especials. Hauríem de vigilar tots plegats per no deixar-la de banda. Ella reclamaria les mateixes atencions que rebés l'Ai... Un petó, un nen que no sabia fer un petó. Mai no m'ho hauria imaginat.

Vaig recordar la primera vegada que els pares em van ensenyar la foto de la germaneta. Somreia, amb certa tristor, però somreia.

15

La diligència

Arriben notícies dels avis aventurers en forma de postal. En aquesta ocasió es tracta d'un paisatge espectacular, on es poden veure dues roques enormes al mig del desert. Llegeixo: «Hau, rostres pàl·lids. Estem en territori navajo, concretament, a Monument Valley, on John Ford va rodar *La diligència* amb John Wayne. L'avi està una mica enfadat perquè aquí l'alcohol està prohibit i no podem portar ni una cervesa al cotxe que hem llogat. Us escric asseguda en un indret anomenat John Ford's Point per absorbir aquesta meravella de la naturalesa. També hem parlat amb els indis navajo. Petons. Us estimem. Ah, encara conservem les cabelleres!»

Dissabte a la tarda. Relaxa haver acabat els exàmens, i també inquieta. És curiós, però quan penses que pots aprovar-ho tot, estàs més inquiet que no pas quan tens el convenciment que et quedaran una o dues assignatures. L'Àngela ha anat a casa d'unes amigues, i la Montserrat i el Narcís estan de compres per deixar la nevera ben farcida abans de marxar. L'altre dia es van presentar amb trenta rotllos de paper higiènic, tres ampolles de xampú, deu caixes de mocadors de paper i no sé quantes coses més d'aquestes que si hi són no els dónes importància, però que si quan les necessites no hi són, et pots trobar amb problemes no gens recomanables.

M'he baixat algunes pel·lícules de l'Oest, entre aquestes *La diligència,* animat per la postal dels avis. M'ha decebut una mica que sigui una *pel·li* en blanc i negre, ja que m'hauria agradat veure els colors del desert i de les roques. En aquests tipus de pel·lícules, els indis moren sempre. Em pregunto què en deuen pensar, d'això, els descendents que han conegut els avis.

Em quedo adormit al sofà.

El mòbil em desperta. Els del grup em citen a les vuit del vespre. Desconnecto l'ordinador i em dutxo. Mentre ho faig, recordo haver somiat. Jo sóc el John Wayne i cavalco prop d'una diligència on viatgen dues noies. Una és la Marta, vestida de *cowboy* de l'època. L'altra porta un vestit molt cenyit i un capell que li fa ombra a la cara. De cop i volta aixeca la mirada i em mira. És la Maribel. Per desgràcia no recordo res més del somni. Penso que haurien pogut atacar els indis, perquè jo hauria hagut de protegir les noies i així m'hauria convertit en el seu heroi. Ja tindria gràcia que totes dues volguessin enamorar l'heroi. Però si fos així, amb quina em quedaria?

16

La idea

Mai no he presumit de tenir grans idees, probablement perquè no les he tingut. Però vaig saber que en tenia una de genial. Ho vaig saber perquè després de tenir-la em vaig impacientar per manifestar-la tan aviat com pogués, i també perquè vaig notar un formigueig a tot el cos i una ansietat fins llavors desconeguda. Anava en un autobús que m'apropava a casa després d'haver anat al centre a buscar un llibre que necessitava per arrodonir un treball. El cervell mantenia un diàleg, com si jo parlés amb mi mateix:

–I per què els pares no els diuen, als avis aventurers, que ben aviat aniran a la Xina a adoptar un nen?

–Sembla una bona idea, tot i que, pot ser que els pares prefereixin estar sols.

–Potser sí, però com que hauran d'estar-se a la

Xina algunes setmanes, segur que agrairien tenir algú amb ells per poder parlar, compartir-ho...

–I els avis aventurers podrien anar des dels Estats Units a la Xina?

–I jo què sé! Però segur que si no coneixen el tema de l'adopció mai no s'ho plantejaran, això d'anar a la Xina a fer costat als seus fills. Imagina't que els avis marxen cap a la Xina de turisme i mentre ells són a Xangai els pares són a Pequín. Mai no s'ho perdonarien.

–Tens raó!

Mentre pensava tot això vaig tenir la sensació d'estar parlant en veu alta. Vaig mirar cap a la resta de passatgers. Per sort, m'ignoraven, senyal que en cap moment no vaig expressar els pensaments sonorament. En un autobús pots descobrir moltes coses dels altres, o com a mínim intuir-les. Aquell trajecte el compartia amb un senyor de certa edat que anava mig adormint-se i, darrere d'ell, un diari esportiu tapava la cara d'un altre passatger. Una noia amb aspecte d'universitària –molt maca, per cert– tenia un llibre obert que no llegia perquè era notori que el pensament el tenia fora del vehicle que ens transportava. Una mare amb un nen trist. Segur que van o vénen del metge. Una parella de jubilats agafats de la mà. Un cec amb el bastó blanc i uns cupons penjats de la camisa. Un cap rapat clava la mirada en la meva. Miro cap al carrer i em faig el desentès. Torno a pensar en la idea. Quan arribi a casa la comentaré als pares.

–Mare, els avis aventurers encara no saben res de l'Ai?

–Els ho direm quan ens truquin, ja va sent hora. Haurem d'esperar que ens truquin... Això de no poder localitzar-los és una llauna!

–He tingut una idea.

–Fantàstic. De què es tracta?

–Quants dies penses que hi estareu, a la Xina?

–En el millor dels casos dues setmanes... Ens han dit, però, que també podem estar-n'hi tres o quatre...

–I quan parleu amb els avis de tot això, per què no els insinueu si ells poden anar a la Xina? Us podeu trobar allà!

–Bé, em sembla bé... Els pot fer molta il·lusió. Ja veurem si hi poden anar...

–Almenys s'ho podran rumiar...

–Tens raó, Gabriel… I al pare i a mi ens aniria molt bé que ens fessin companyia mentre tramitem papers i fem gestions. Bona idea! I mira, ja tinc ganes d'abraçar-los.

Em vaig sentir molt bé, tot i que vaig tenir una mica d'enveja que els avis materns tinguessin l'oportunitat de conèixer l'Ai abans que jo, però va ser una enveja sana, com la que sents quan…, quan… Renoi, no sé trobar cap exemple d'enveja sana!

17

Barcelona-Amsterdam-Pequín

Els pares ens ensenyen els bitllets d'avió. Dos d'anada i tres de tornada. El cinc de juliol sortirien de Barcelona cap a Amsterdam. Des de la ciutat holandesa agafarien un vol directe cap a Pequín. Unes catorze hores. Els bitllets són com tots els que he vist, com un que guardo com a record d'un viatge a Menorca. Per una vegada, l'Àngela, la mare i jo vam anar-hi en avió mentre el pare viatjava en vaixell. El que em va cridar l'atenció d'aquells bitllets va ser, per dir-ho d'alguna manera, el tercer, el que permetria volar l'Ai. Em vaig emocionar davant d'aquell cartró imprès a través d'un ordinador. Era el primer document que veia que acreditava l'arribada de l'Ai. Què renoi feia emocionant-me per un bitllet d'avió? Crec que sóc massa tou... Encara acabaré fent un poema a l'Ai! I per què a ella, que encara no conec, i no a l'Àngela?

Segur que quan l'Ai sigui una més de la família no estaré tan sensible com ara. Ara és una il·lusió, però aviat serà un pesada que plorarà, que alterarà el ritme habitual de tots plegats, que s'enfadarà amb l'Àngela, que rebrà l'atenció dels pares... Ja me'ls imagino... «Ai, bufona, a sopaaaaar»... «Àngela, no li prenguis les joguines, no veus que és més petita?»... «Gabriel, canvia de canal, l'Ai vol veure els dibuixos animats»... «L'Ai té febre»... «A l'Ai li ha caigut una dent de llet i aquesta nit tindrà una sorpresa a sota del coixí»...

De cop i volta la reacció de l'Àngela em crida l'atenció. Ha anat cap als pares i els fa un munt de petons.

–Tinc una idea –diu d'una manera molt múrria–. Quan arribi, l'Ai pot dormir a la meva habitació i jo a la vostra.

Els pares es miren i em miren.

–No diguis bestieses –dic jo–, no saps que el pare ronca?

L'Àngela em mira.

–Sí –diu la mama, donant-me la raó–, ronca tant que ningú no pot dormir al seu costat.

L'Àngela arrufa el nas.

–Sí, és veritat –sentencia el papa.

–Tu dorms amb el papa –afirma l'Àngela.

–I abans d'anar-me'n al llit m'haig de posar cotó fluix a les orelles.

–Cotó fluix a les orelles?

–Per no sentir el pare.

L'Àngela fa silenci, com si estigués rumiant això de posar-se cotó fluix a les orelles. Però els seus pensaments van més lluny del que ens imaginàvem.

–Jo mai no em casaré. No vull dormir amb cotó fluix a les orelles.

Els pares fan un somriure i un gest de complicitat cap a mi. Sembla que l'Àngela ha entès que és millor que no es mogui de la seva habitació.

–A casa la meva amiga Mònica tenen un llitera. Jo vull una llitera i dormir a dalt.

–Pot ser una solució –diu el pare.

–Però si plora em despertarà. I si heu sortit a sopar, no podré dormir.

–Escolta, menuda, si els pares surten a sopar sense vosaltres, per això hi ha el germà gran –la mama em mira.

Ara, sovint, parlen de mi com «el germà gran». He deixat de ser «el tete», oficialment. Penso que és millor que l'Ai comparteixi habitació amb l'Àngela. Jo podré continuar gaudint dels avantatges de tenir un dormitori d'ús exclusiu. Un dormitori que de vegades es converteix en refugi, on pots parlar pel mòbil amb certa intimitat, pensar en les noies sense que ningú no et pregunti res, somiar que ets un heroi i que dues noies volen conquerir-te.

–Haureu de comprar-li joguines noves.

–Què dius, Àngela?

–No vull que em trenqui les meves... Jo podré jugar amb les seves?

–Bé... Haureu d'arribar a un acord... Si ella vol les teves i tu no vols que les toqui, potser no et deixarà les seves.

–Sí, jo li deixaré les que ja no vull.

–Mira-la que llesta!

L'Àngela juga amb la cara del papa. Amb els dits, li toca el nas, les celles, els llavis.

–Quan aneu a comprar joguines per l'Ai podré venir?

–És clar que sí. Anirem plegats a tot arreu! Oi, Gabriel?

–Sí, de fet, ja fa temps que no vaig a comprar nines –dic amb to festiu.

18

Insomni

M'he enganxat a la ràdio de matinada, al progra-
ma que truques per dir la teva i d'altres oients truquen per donar-te ànims i consells o per explicar la seva experiència en un cas similar al teu.

Goso trucar-hi. Quan em contesten em poso una mica nerviós, tot i que encara no surto per la ràdio.

–Des d'on truques?

–Des de Barcelona.

–De què vols parlar?

–D'una... Una adopció.

–Dóna'm el teu número de telèfon.

–És que...

–T'ho explico. Abans de passar la teva trucada per antena, demanem algunes dades per evitar qualsevol tipus de gamberrada.

–Ah, d'acord...

Li dono les dades que em demana i com que puc utilitzar un sobrenom dic que em diguin Barcelona. Després em diuen que pengi i que esperi la seva trucada. Ho faig tot escoltant el programa. Tinc calor i començo a suar pensant que algú em pot reconèixer la veu. Però qui? No crec que cap dels de la colla estigui escoltant la ràdio, potser algú està connectat a Internet, però escoltant la ràdio, ho dubto. Els pares dormen. I els avis? Sé que l'avi escolta programes esportius a la nit, però a aquesta hora crec que ja s'han acabat, però la iaia... La iaia és una fanàtica de la ràdio i pateix –segons ella– insomni... I de vegades l'he sentit dient coses com: «L'altra nit una senyora va explicar a la ràdio que tenia set fills de set marits diferents...»

El so del mòbil em provoca un ensurt.

–Bona nit, Barcelona. No et retiris –em diu una veu, i tot seguit puc escoltar l'emissió pel mòbil. Empasso saliva.

–Hola, Barcelona. Em sents? –em diu la veu de la presentadora de l'espai–. Barcelona, sento com respires. Vols parlar? Bé, sembla que Barcelona és molt tímid.

–Hola –dic temorós.

–Bona nit, Barcelona. Com estàs?

–Nerviós.

–Tranquil·litza't. Estàs nerviós perquè tens un problema o potser perquè és la primera vegada que truques al programa?

–Mai no he parlat per la ràdio.

–No passa res. Ens agrada que t'hagis animat a participar. Ens has trucat per un motiu molt especial, oi?

–De vegades us escolto i...

–Què ens vols dir, Barcelona?

–Tindré una germana... adoptada.

–Vaja! Et felicito i també els pares. Penso que s'ha de ser molt valent i tenir les idees molt clares per fer aquest pas, però sobretot us felicito ja que considero que adoptar és un acte d'amor, amb tot el que aquesta paraula significa. Ja saps quan arribarà la germana?

–Aviat. Els pares aniran a buscar-la a la Xina d'aquí a unes setmanes.

–És a dir que tindràs una germana xinesa!

–Sí.

–I ella tindrà un germà català.

–I una germana. Tinc una germana més petita.

–T'ho torno a dir: moltes felicitats. I si algú que ens escolta viu o ha viscut una situació similar a la del nostre amic Barcelona, ja sap que ens pot trucar per explicar-nos les emocions, les experiències... Ens vols dir res més, Barcelona?

–No... Em sembla que no.

–Doncs, moltes gràcies per la teva trucada.

–De res.

Una altra veu em repeteix les gràcies i em convida a trucar sempre que ho desitgi. La comunicació es talla.

Fins a aquell moment únicament pensava que estava a punt de tenir una germaneta xinesa, però mai no ho havia vist a l'inrevés, que ella tindria dos germans catalans.

19

L'horòscop xinès

Malgrat que aquell estiu no hi hauria vacances a Menorca, no volia perdre una de les tradicions que m'anuncien que el curs escolar s'acaba per donar pas a un temps de lleure. Es tracta d'anar a una llibreria i buscar alguna lectura per passar estones vivint aventures o descobrint autors que han escrit sobre ells o que s'han inventat històries que poden ser divertides, serioses, fictícies, autèntiques...

Els pares sempre ens han animat a llegir; sobretot volien que tinguéssim a mà un parell de llibres quan anàvem a l'Arenal d'en Castell i ells dedicaven una estona a «no fer res», estona que coincidia després de l'últim bany de la tarda, pels volts de les sis o de les set.

Després d'una bona dutxa, el relax era absolut i ens demanaven que els deixéssim en pau fins a l'hora de sopar. Era, per dir-ho així, l'hora de la lectura. Cadascú podia fer la seva, però sense molestar els altres.

Potser per mantenir aquell hàbit o potser perquè l'estiu següent tindria moltes hores de lleure, vaig entrar en una llibreria. El tutor ens havia recomanat un seguit de títols, però a mi m'agradava, en lloc de demanar-los directament, donar un cop d'ull en general abans de decidir-me. Un cartell vermell on es podia llegir «Tots a 5 euros» em va cridar l'atenció. Mala cosa quan uns llibres han d'utilitzar el preu com a reclam més que no pas el contingut. Com a exercici prevacacional, puc proposar aquest tema al *profe*, que un llibre acabi en un cove de gangues com a recurs final abans de ser reciclat com a paper. Vaig remenar els llibres amuntegats i vaig veure títols com *Frases cèlebres, Cuina per a la dona que treballa, Trucos para trucar el ciclomotor, Los hijos: amor y educación cristiana, Com triomfar en públic, El zodíac i el calendari xinés*...

El vaig agafar encuriosit. Era un llibre molt prim, d'unes cinquanta pàgines. El vaig fullejar i hi vaig veure uns dibuixos molt desagradables de diversos animals. Vaig pensar que, o bé el dibuixant tenia molt mal gust o no tenia ni idea de dibuixar. Per alguns d'aquests dibuixos, si no fos perquè a sota portaven el nom de l'animal que pretenien reproduir, mai no n'hauria endevinat l'espècie. Vaig llegir: rata, bou, tigre, llebre, dragó, serp, cavall, ovella, mico, pollastre, gos –hauria assegurat que era el dibuix d'un estruç– i porc. Vaig passar alguns fulls... «L'any nou xinès comença a la primera lluna nova després que el sol entri en Aquari, la qual cosa vol dir que caurà entre el 21 de gener i el 19 de febrer del calendari modern (gregorià).» Vaig decidir quedar-me el llibre. Em sembla que en alguna revista havia vist feia temps coses sobre l'horòscop xinès, però llavors no li havia dedicat ni un minut.

Tenia més de mitja hora abans d'anar a l'escola, així que vaig entrar a una granja, vaig demanar una aigua mineral i vaig obrir el llibre. Vaig descobrir que l'horòscop xinès no és com el nostre; cada any està dedicat a un animal i, d'aquesta manera, vaig veure que el 2000, l'any que vaig néixer, estava dedicat al drac. Vaig inspirar fondo... Sóc escorpí i llebre. Això de ser drac no em va fer gaire gràcia, pensant en la imatge de sant Jordi. Si hagués nascut un any abans, seria conill, com la Marta, que va néixer el 1999. Ben pensat, ser drac em sona millor.

M'hagués agradat ser tigre. N'he vist en documentals de la televisió. En vaig recordar un sobre un tigre de l'Índia, anomenat «de Bengala», de ratlles negres, amb una estampa espectacular, d'aspecte fort i d'aparença serena, que gambava a gran velocitat per caçar. Em va venir a la memòria un felí africà, corrent darrere una zebra que no tardava a abatre per cruspir-se-la. Ben mirat, tampoc no m'hauria agradat gaire ser tigre. Vaig pensar en l'Ai. Tindria una germana porc? I si era rata o serp?... Ai, mare. El llibre era bastant vell i vaig comprovar amb desencís que només assenyalava dates fins a l'any 2005, la qual cosa em va impossibilitar saber el signe sota el que havia nascut l'Ai, i això em va fer pensar que encara no sabia l'any en què ho va fer... Devia néixer el 2012 o el 2013. Ho havia de preguntar als pares i buscar-lo a internet. I la Maribel? Devia haver nascut l'any del mico? O potser del gos o del bou? Havia de veure-la... «Més que res per preguntar-l'hi», em vaig mentir a mi mateix.

20

És tigre!

–Es pot saber per què em vas preguntar l'any que vaig néixer? –em va dir la Maribel com a salutació. Després ens vam fer dos petons a les galtes, com amics.

Li havia trucat per proposar-li que ens veiéssim. Em va agradar –i molt– que em digués «t'ha costat trucar-me!». Vam quedar a prop d'on viu ella, a la Vila Olímpica. Era mitja tarda i vam anar fins a la platja per seure a la sorra.

–Bé. No sé si t'agradarà saber-ho.

–Per saber l'edat que tinc? Sóc una mica més gran que tu.

–M'ho dius o no?

–Desembre 1998.

–Ets... –havia portat el llibre–, a veure... Rata... No...

–Ei, has quedat amb mi per insultar-me? Què mires en aquest llibre?

–Pst, espera... Ets trigre.

–Perdó?

–Aquí en tens la prova –li vaig ensenyar la pàgina–: 1998. Tigre.

–I tu què ets? Un gatet ple de puces?

–No, el gat no hi és a l'horòscop xinès. Sóc drac.

–Drac? No em diguis! I que treus foc per la boca?

–Molt simpàtica.

Em va mirar fixament.

–M'has trucat per dir-me el signe de l'horòscop xinès?

–Sí... Bé, no.

–T'estàs posant com un tomàquet. Vols que anem a l'ombra?

–No... M'agrada aquest sol de mitja tarda... Mai no has pescat?

–No! –va cridar.

–Què passa?

–Pobres peixos... Pocs que en queden i encara els vols pescar?

–Mai no he pescat en una platja tan oberta com aquesta... Quan pescava, ho feia en petites cales, damunt de roques...

–I no et feia pena matar peixos?

–Mai no ho he vist com un assassinat.

–Doncs ho és.

–Potser sí... Però és emocionant... Veus el suro surant i de cop i volta, s'enfonsa...

–I no has pescat mai cap submarinista?

–Algun cop ha anat d'un pèl... Cada vegada n'hi ha més... El que fot és que van amb pistoles i maten els peixos...

Em va dedicar una mirada malintencionada.

–No, no em diguis ara que pescar amb canya o amb fusell és el mateix.

–Ho és...

–Deixa-ho córrer...

–No em diguis això, ni que fos ximple. No estic d'acord amb tu i no vull que acabis la conversa amb un «deixa-ho córrer».

–D'acord, amb canya o amb fusell, el que fem és matar els peixos, però jo penso que és diferent... A mi em sembla bé cabussar-se amb ampolles d'oxigen per mirar els fons marins, però no pas fer-ho per travessar un peixot amb un arpó...

–T'has posat seriós.

–Tu també.

–És a dir, que quan et porten la contrària t'emprenyes... Deu ser cosa de ser drac.

Em va fer riure.

–A més, tampoc no he pescat gaire... Quan anàvem de vacances a Menorca... I no pensis que enganxàvem gaires peixos... Entre muntar la canya, l'Àngela...

–Qui és l'Àngela?

–La meva germana petita.

–Ah...

–Doncs, entre naps i cols, més que pescar, passàvem l'estona.

–I ara, com que no pesques, passes l'estona mirant quin és el signe del zodíac de les noies?

–No! O sí... És que, mira, tot el que té relació amb la Xina em fa gràcia... Aviat tindré una germaneta xinesa...

–Ja ho sé.

–T'ho vaig dir?

–Diguem que mentre esperava que em truquessis o m'enviessis un missatge, m'han dit algunes coses de tu...

–Si volies saber com sóc, per què no em trucaves?

–Ui, mira qui parla. A més, si t'hagués trucat, t'hauries sentit com un gall. Mira, els nois necessiteu certa indiferència o ja us creieu qui sap què...

–Et recordo que després del que va passar al Baretto em vas enviar un missatge.

–Llavors tenia una cosa per aclarir.

–I ara no en tenies cap?

–Per aclarir, no.

Em va agafar la mà i, tot i el sol, vaig sentir un calfred.

–Tot plegat deu ser un embolic, oi? Vull dir, això de l'adopció.

–Sí, però està bé. El cas és que, no sé com dir-t'ho, si esperes un germà per via natural, ja m'entens, doncs, bé, no hi dónes més importància. Però el fet que sigui adoptat et fa mirar una mica cap a les coses que passen... Nosaltres podem estar aquí, en una platja, davant del mar... O podem pujar a un bus turístic... Arribem a casa i tenim una família, pares, avis... Sobta descobrir, o millor dit, ser conscient que hi ha molts nens i nenes que, per haver nascut segons on, ho passen molt malament.

–M'agrada això que has dit, «ser conscient» de les coses... De fet, sabem que hi ha gent desgraciada, però potser no en som o no en volem ser conscients. És diferent. Des d'ara procuraré ser-ne conscient...

–Ens estem posant transcendents.

–Deu ser el paisatge, les ones, la mar...

–La mar o el mar?

–A mi m'agrada més la mar... El que no puc entendre, i ho he discutit molt amb els pares, és aquesta indiferència que tenim cap a les coses que no ens afecten directament... Si s'enfonsa la nostra casa és una desgràcia, però si s'enfonsa la del veí, és una sort... La sort que no ens hagi passat a nosaltres. Entens el que et vull dir?

–Possiblement fa uns mesos no ho hauria entès... Ara, sí. De fet, des que conec l'existència de l'Ai.

–Es diu Ai?

–Sí... Però no em preguntis si significa alguna cosa perquè no ho sé, encara...

–Continua. Deies que des que en coneixes l'existència...

–Doncs, això, que valoro més el que m'envolta, o el que tinc...

–Mira, jo també estic contenta per l'existència de l'Ai.

–Tu? Per què?

–Doncs, perquè sé d'un noi que m'ha trucat per quedar amb ell amb l'excusa que volia saber l'any que vaig néixer per dir-me el signe del zodíac xinès que em pertoca.

–Quina excusa més poc imaginativa.

–Però molt efectiva!

Em va llençar sorra pel cap. Vam estar passejant per la platja parlant de religió, de la natura, dels àrabs, dels palestins, dels budistes, de la gent que ven mocadors de paper als semàfors, dels caps rapats, de la violència, de l'escola, de cançons horribles que triomfen, d'actrius i d'actors, de personatges que no saben fer res però que són populars perquè participen en programes de televisió, de professions... Abans de separar-nos ens vam fer un petó. I no va ser un petó a la galta.

21

Aeroport

És el gran dia. Ho és? Sí, segur. Fins ara tot ha semblat fictici malgrat que era real. Com quan veus un veler a l'horitzó; saps que existeix, però és lluny i qui sap quan arribarà a port. En uns minuts l'Ai haurà entrat definitivament a la meva vida i jo a la seva. Els pares ens en van enviar una foto a través d'Internet. La feia més prima, més trista. Sembla grassoneta i somriu..., sembla una nena com la resta de nenes que fins ara he conegut, és a dir, una nena. L'Àngela em demana que l'agafi a collibè per veure millor les portes per on surten els passatgers. S'obren una i altra vegada davant la nostra expectació. Es pot endevinar qui arriba d'un viatge relativament curt i qui d'un altre molt més llarg. El panell de l'aeroport ja fa una bona estona que anuncia l'arribada del vol 654 de KLM procedent d'Amsterdam. Jugo amb l'Àngela per mirar de fer que el temps passi més ràpid. Hem d'endevinar d'on vénen els passatgers que van sortint per les portes automàtiques. Ensaïmades: Mallorca o Menorca. Barrets enormes: Mèxic. Noia amb trenes plenes d'accessoris de colors: algun país del Carib...

–*Nunca imaginé que conocería a un nieto en un aeropuerto en lugar de en un hospital* –diu la iaia Pilar.

–Veus com ja li dius nét? –respon l'avi Joaquim.

–*Mis nietos auténticos* són aquests! –diu ella referint-se a l'Àngela i a mi–. Aquests porten sang meva... Però si no accepto com un nét la nena xinesa, ja saps com es posarà el teu fill.

–I el teu!

L'avi em mira amb complicitat mentre em pica l'ullet.

–*Te he visto* –diu l'àvia.

–No li diguis nena xinesa, es diu Ai.

–Ai... I quin dia en celebrarem el sant? Santa Ai no existeix. Ens excomunicaran a tots plegats. El que hauríem de fer és batejar-la amb un nom com cal!

–Nosaltres, iaia, nosaltres no hem de fer res. Això és cosa dels joves.

–A mi m'agrada Ai –diu l'Àngela.

–No comparis Ai amb Àngela, *cariño* –contesta l'àvia.

–A veure si vols que l'Ai també es digui Àngela –diu somrient l'avi.

–Prou que m'entens! La poden batejar amb un nom decent, com Pilar, en record de la meva mare, o Júlia o Helena...

Continuen parlant però ja no els escolto. Un munt de veus i sons es barregen al cap. La veu que anuncia sortides d'avions, la multitud, les rodes de les maletes i dels carros, nens que xisclen, mòbils que sonen, paraules pronunciades en anglès, àrab, rus... L'Àngela pesa com una condemnada i em sembla que estic mig marejat. Les portes ara s'obren i ara es tanquen, ara s'obren i ara es mig tanquen per tornar-se a obrir de bat a bat. Gent i més gent. Una tripulació que té pressa... Una colla de joves amb gorres d'un equip d'hoquei, més ensaïmades, un grup de japonesos, una parella discutint, l'Àngela que no recorda que li faig de grua i em colpeja el pit amb les sabates, algú que m'empenta, l'àvia que no sé què diu mentre l'avi riu, un guàrdia civil, un barret cantonès, dos barrets cantonesos... Barrets xinesos!!!

Un calfred em posa la pell de gallina mentre l'Àngela bota sobre el meu clatell.

–Mama, papa, mama, papaaaaa! –crida.

Veig la cara de la mare. Té un somriure enorme i sembla com si arribés de vacances, feliç, relaxada, emocionada. Miro cap al pare. Tinc un nus a la gola i no ploro perquè no vull, però no em costaria gens ni mica. L'Ai s'abraça al pare d'esquena a nosaltres.

–Veniu, veniu per aquí –diu l'avi obrint-se camí entre gent de tota mena per anar a trobar els viatgers. El seguim.

Per fi puc tocar l'Ai. Sembla espantada. S'enganxa amb més força al pare. L'Àngela la mira sense deixar d'abraçar la mare. L'Ai li torna la mirada.

–Hola, Ai –diu a la germaneta.

L'Ai somriu i obre els braços per anar als de la mare. «Aquesta en sap molt», penso.

Els avis intenten petonejar i abraçar els seus fills i la néta nova. La mare carrega amb l'Ai sense deixar l'Àngela i em mira obrint els ulls.

Una llàgrima sense control em mulla la galta.

22

Normalitat

El Ros estava fet pols. La Marta se n'havia anat a Londres tot l'estiu per perfeccionar l'anglès.

–Hosti, *tio*, és que estic enamorat i això sí que no m'ho esperava. Però el pitjor de tot és que tinc la sensació que quan torni, entre nosaltres ja no hi haurà rotllo. L'he perduda. I per què et dic això, a tu? Tu segur que te n'alegres, d'això!

–No, no precisament.

–Però si estàs *colat* per ella!

–No m'agrada que un amic ho passi malament.

–Au, vés, no siguis tan comprensiu, *tio*. Segur que per dins ho celebres.

–Això no t'ho creus ni tu. Si de veritat ho pensessis, no m'estaries confessant els teus sentiments.

–I a tu no t'afecta que la Marta estigui a Londres envoltada d'anglesos?

–Diuen que els perillosos són els italians.

–També tens raó.

–És clar que a Londres també hi van italians a estudiar anglès.

–Seràs mal... Deixem-ho estar... Per cert, què tal la germaneta xinesa?

–Bé.

–És ploranera?

–No gaire. Més aviat, és riallera. Fa cara de felicitat.

–El que han fet els teus pares té mèrit, de veritat.

–Sí.

–Aniràs al Baretto aquest dissabte?

–Sí, amb l'Anna i la Maribel.

–Escolta, aquesta Maribel i tu... Hi ha rotllo?

–De primavera... Bé, millor dit, d'estiu.

–Sí o no?

–Accepto rotllo com a argot de *ligue*.

–Ja era hora, *tio*! I jo que em pensava que esperaves que les coses anessin malament entre la Marta i jo per llançar-t'hi.

–Bé, jo també ho pensava.

Vam riure.

–La Maribel està molt bé... Gairebé és una *top* com la Marta... O més... Mira que si me la lligo...

–Ja comencem?

–Que no, Gabri, que no! És una broma.

Ens vam fer una encaixada. Ell es va posar el casc i es va allunyar amb la moto. Vaig anar cap a la parada de l'autobús. No li vaig dir que el dia abans que la Marta marxés, havíem estat parlant. «S'ha enamorat, l'hi noto, ara m'estima i jo no sento el mateix. Això m'ha animat a acceptar la proposta dels pares per anar a Londres. No deixis d'enviar-me WhatsApps i *selfies*. No vull perdre el contacte amb el meu millor amic.»

A l'autobús recordo tot el munt de retalls de diaris amb articles i entrevistes que vaig estar fullejant quan els pares eren a la Xina. Tots feien referència a les adopcions, als nens de molts països que ho passen malament i coses així. Potser m'agradaria ser periodista per explicar allò que passa més enllà de les nostres vides.

Els pares ens han dit que els avis aventurers s'han quedat per la Xina i que, si poden, aniran a Austràlia.

Quan arribo a casa, l'Àngela té un disgust molt fort. L'Ai ja ha comès una *barbieritat* amb la seva nina preferida.

No hi ha dubte que la meva germaneta s'adapta a la família amb rapidesa. Fins i tot fa coses que em recorden a mi mateix.

És bastant trapella.

Ah, i ja sé com traduir Ai... En xinès, *Ai* significa «amor».

Índex

Miquel Arguimbau

Autor

Va néixer a Barcelona el 1950. És guionista, escriptor i periodista. Treballa a la ràdio i a la televisió. També ha col·laborat en revistes de còmic i en publicitat.

És autor dels llibres *Memòries de Radio Juventud. La ràdio "Al mil por mil"*, publicat pel Col·legi de Periodistes de Catalunya; *L'estatua sense rostre; L'herència congelada*, escrita a quatre mans amb Dani Arguimbau, un dels seus fills; *Doctor, el nostre fill llegeix. És greu?; El robo de la máscara*, i *L'amic de Salvador Dalí.*

Aquí s'acaba aquest llibre
escrit, il·lustrat, dissenyat, editat i imprès
per persones que estimen els llibres.
Aquí s'acaba aquest llibre que tu has llegit,
el llibre que ja ets.